기차가 달린다

기차가 달린다

차노휘 소설집

문학들

차례

기차가 달린다

어렸을 적 당신은 기찻길 옆 빨간 지붕 집에서 살았다. 건널목 신호등이 딸각, 하면 어김없이 기적이 울리고 기차가 지나갔다. 당신은 기차 소리가 들릴 때마다 철길로 나갔다. 멀찍이 서서 손을 흔들었다. 기차 꽁무니가 사라지면 철로를 한참 동안 걸었다. 철로는 좋은 평균대였다. 하지만 아버지가 기차에 치인 뒤부터, 공포의 대상으로 변했다. 특히, S시로 향하는 첫 기차가 지나갈 때면 여명을 찢을 것처럼 날카로운 기적을 울렸다. 창문과 벽을 사정없이 흔들어 대면서 어린 당신에게 돌진해 올 것만 같았다. 기차 소리에 제일 먼저 반응한 사람은 아버지였다. 아버지는 손톱으로 벽을 긁으면서 신음했다. 살가죽만 남은 어머니는 아버지가 내는 소리에 긴장했다. 미친 듯이 문고리를 걸어 잠그고 안방 문을 등지고 앉았다. 잔뜩 웅크리고는 고구마 광주리를 끌어안았다. 기차의 굉음이 점점 커지자 누가 뺏어 먹을까 경계하는 눈빛을 띠며 게걸스럽게 고구마를 먹었다. 고구마를 쥔 손이 기차 진동에 따라 떨렸다. 기차 불빛이 창문을 통해 뭉텅뭉텅 그림자를 벽에 그리고 지나갔다. 성급한 발소리를 내던 아버지가 안방 문고리를 잡아당겼다. 어머니가 딸꾹질을 했다. 아래턱까지 덜덜 떨면서 어린 당신을 노려보았다. 흔들림과 굉음, 휘장과 같은 그림자가 빨간 지붕 집을 덮쳤다. 어린 당신은 눈을 감았다. 기차가 빨리 지나가기만을 바랐다. 벌어진 입술 사이로 괴성이 터지려 했다. 입술을 앙다물었다. 아랫입술이 이빨 자국으로 쓰라렸다. 마침내 적막과 어둠이 찾아들자 아버지의 발걸음 소리가 멀어졌다. 어린 당신은 눈을 떴다. 광기 빠진 어머니가 광주리를 한구석으로 치웠다. 느긋하게 치맛자락을 걷더니 요강에 오줌을 누었다. 어린 당신은 숨이 막혔다. 벽을 향해 욕지기를 퍼부었다. 뚜렷한 대상이 없는 저주의 말들이었다. 죽어라, 죽어버려라, 콱, 죽어버려라.

당신은 수화기를 내려놓고 두 손을 움켜쥔다. 10년 만에 들은 아버지의 소식이다. 전화를 건 담당 경찰관은 오늘 내로 와서 아버지의 신원을 확인해달라고 한다. 기차 사고 후 아버지는 한쪽 몸이 마비가 되었어도 틈만 나면 불편한 몸을 끌고 철길에 나앉았다. 기차가 지나갈 때마다 손가락질을 하면서 괴성을 내질렀다. 어린 당신은 언젠가 아버지의 성한 몸마저 기차가 삼켜버릴 거라고 예견했다. 당신의 예견처럼 아버지는 기차에 치여 죽었다. 아직 마찰열이 식지 않은 철로에 흩뿌려진 피와 뭉개진 살덩어리……

당신은 비틀거리면서 스튜디오 안쪽으로 향한다. 허공을 딛는 것처럼 발바닥에 감각이 없다. 발뿐만 아니라 온몸이 무중력 상태에 놓인 듯 제멋대로 움직인다. 예견했음에도, 충격이었을까. 걸음을 멈추고 실내를 둘러본다. 스튜디오는 한낮인데도 어둡다. 햇빛이 겨우 환풍기 날개 사이로 새어들고, 뿌연 미세먼지가 부나비처럼 일렁인다. 조심스럽게 걸음을 떼어 사진촬영 소품 앞에 선다. 알몸의 마네킹과 신체 부위별로 분리된 부분 마네킹들, 삽, 괭이, 칼, 도끼……. 소품들을 일일이 쓰다듬는다. 연장을 담아둔 빈 상자 앞으로 간다. 잠시 상자 속을 내려다본다. 하이힐을 벗고, 헐렁한 원피스마저 벗어버린다. 속옷

자국 하나 없는 매끄러운 나신이다. 촬영 소품을 만지듯 당신의 몸을 쓸어내린다. 상자 속으로 들어간다. 반듯하게 누워 뚜껑을 닫고 눈을 감는다.

스튜디오 문이 열린다. 뭔가를 찾는 듯 멀어졌다 가까워지고 다시 멀어지는 발소리가 사납다. 당신은 상자에 누운 채, 발소리에 귀를 기울인다. 몸을 일으켜야 한다고 생각하면서도 꿈쩍하지 않는다. 사실 서두를 것도 미안할 필요도 없다. 약속 시간을 훨씬 넘긴 사람은 K다. 당신이 벗어놓은 원피스와 구두를 발견한 것일까. K의 발소리가 상자 근처에서 멈춘다. 당신은 숨을 죽이면서 6개월 전 K가 낸 구인광고 문구를 떠올린다. 검은색을 좋아하고 우울한 여자분. 당신은 광고지에 실린 주소로 갔다. 번화가 뒷골목, 낡은 4층 건물 지하에 있는 바(bar)였다. 가게로 들어서자 퀴퀴한 냄새가 났고 낮에도 햇빛이 들지 않아 캄캄했다. 실내에 있는 가구, 벽지, 바닥까지 검정이어서 전등을 켜도 어둠이 구석진 곳에 켜켜이 쌓여 있었다. 당신이 막 소파에 앉자 머리카락처럼 길고 가느다란 그리마가 어둠 속에서 기어 나왔다. 당신은 애써 태연한 척했지만 자꾸 그리마 쪽으로 눈길이 갔다. 하이힐 근처까지 오자 기다렸다는 듯이 구두 밑창으로 꾹 눌러버렸다. 짓눌린 몸통과 달리 길고 가느다란 다리가 제각각 꼼지락거렸다. 스멀스멀 당신의 종아리로 기어오를 것만 같았다. 당신은 벌어진 가랑이를 붙였고 손으로 입을 막았다. 눈을 내리깐 채 K의 목덜미로 시선을 집중했다. K가 당신을 보고 있었다. 그의 목울대가 쿨렁거리면서 붉게 달아올랐다. 당신의 얼굴은 상기되었다. 그리마를 밟은 후, 발바닥에서부터 시작된 소름이 종아리로 허벅지로 사타구니로……, 팽팽하게 전해졌다. 당신은 목을 쳐들었고 다리를 벌렸다. K의 까만 눈동자가 당신의 목덜미에 집요하게 머물렀다. 당신은 좀 더 과감해졌다. 당신의 행동을 놓치지 않으려는 듯 K가 잔뜩 신경을 쓰면서 말했다. 여기서, 이, 일, 일할 수 있겠어요? 당신은 목을 꼿꼿이 세우고 눈을 치떴다. 혹시 그의 말을 잘못 들었나 싶어서였다. 여기서 일, 일할 수 있겠어요? 그가 재차 물었다. 면접에 합격했다는 의미였지만 그 순간 당신은 모든 게 시시해졌다. 구인광고를 낸 사람이 저 사람일까. 당신은 가상의 K, 아니 당신 자신에게 속은 것 같았다. 인쇄된 활자를 보고 가슴이 설레었던 것이 우스웠다. 좋아요. 한편으로는 K가 실제 사장이든 대리인이든 월급을 다른 곳보다 많이 준다면 상관없을 것 같았다. K가 말했다. 가끔 스스, 스튜디오를 청, 청소해줄 수 있어요? 당신은 처음에 '바'를 '스튜디오'로 잘못 말했을 거라고 생각했다. 어렵지 않을 것 같군요. 대수롭지 않게 승낙하고 그를 봤다. K의 어깨 너머로 벽을 기어가고 있는 그리마들을 보았다. 꼬리를 물고 이어지는 행렬이 당신의 눈에는 기차처럼 보였다. 그것은 붉은 기가 가신 K의 목덜미를 지나 귓바퀴에서 머뭇거리더니 서서히 자취를 감췄다. 어디로 갔을까. K의 몸속으로 들어갔을까. 숨이 멎을 것 같았다. 당신의 시선을 견디지 못한 K가 연거푸 헛기침을 했다. 그러고는 두 개의 열쇠가 달린 키홀더를 탁자 위에 올려놓았다.

상자 앞에서 잠시 멈췄던 발소리가 천천히 탈의실 쪽으로 향한다. K는 스튜디오에 도착하면 제일 먼저 탈의실로 간다. 탈의실에는 그의 여분의 옷과 사진 장비가 보관되어 있다. 빨래집게로 꽂은, 인화된 사진들이 탈의실 중앙을 가로지르고 그 중 영감을 받을 만한 사진들은 선별되어 전면 거울에 붙여 놓았다. 그곳은 열쇠가 늘 채워져 있어서 당신이 겨우 곁눈질할 수 있을 뿐이다. K의 발소리가 멈추는가 싶더니 열쇠가 자그락거리는 소리, 문 여는 소리가 들린다. 몇 분의 침묵이 흘렀을까. 옷 먼지 터는 소리가 요란하다. 한곳을 맴도는 발소리가 거칠고 성급하다. 여전히 어둡다. 상자 뚜껑 사이로 한줌의 빛줄기도 새어들지 않는다. 어둠. 당신이 생각하는 바와 스튜디오는 무채색만 존재하는 곳이다. 흰색, 검정, 회색. 그 외의 색깔은 필요치 않다. 당신이 바에서 일할 때는 K가 준 유니폼을 입었다. 목이 깊게 파인 V네크라인 검정 원피스였다. K는 의외로 화려한 색상의 옷을 즐겨 입었다. 빨간 셔츠에 흰 면바지를 입거나 연두색 재킷에 목이 긴 노란 스웨터를 받쳐 입곤 했다. 당신은 K의 옷을 볼 때마다 눈을 찡그렸다. 뭐랄까, 고른 면을 보다가 거친 면을 본 것처럼 원색에 가까운 옷 색상은 당신의 눈을 피곤하게 했다. 그의 시선도 부담스럽기는 마찬가지였다.

K는 손님이 없는 시간을 이용해서 당신이 일하고 있는 바에 매일 오다시피 했다. 그때만도 그가 낡은 4층 건물주이자 사진작가라는 사실을 알지 못했다. 바에 온 그는 조명 빛이 들지 않는 구석진 곳에 앉았다. 당신을 쳐다보면서 발렌타인 17년산을 홀짝거렸다. K는 조명 빛이 제일 잘 드는 장식장 앞에 당신이 서 있기를 원했다. 그는 뭔가를 그리기도 했고 입술을 앞으로 내밀면서 옹알거리기도 했다. 당신은 K의 행동이 신경 쓰였다. 당신이 서 있는 맞은편에 액자가

걸려 있었는데 그것은 당신 모습뿐만 아니라 장식장 거울에 비친 K까지 되비추었다. K가 구석진 곳에서 조명에 드러난 당신을 볼 수 있었다면 당신은 액자 속에 비친 K를 훔쳐볼 수 있었다. 그때마다 K의 사각 프레임 속에 갇힌 대상들, 즉 색깔을 얻지 못한 흑백 사진 중의 일부분이 당신이라고 여겼다. 당신이 바에서 일한 지 한 달이 지났을 무렵, K가 제안했다. 사, 사진 모, 모델이 돼줄 수, 있어요?

당신은 숨을 크게 몰아쉬면서 한쪽 어깨와 사타구니에 힘을 주고는 몸을 뒤척이려 한다. 같은 자세로 누워 있어서 그런지 팔과 다리가 저려온다. 움직일 여분의 공간이 없다. 조바심이 일순간 몸을 관통한다. 팽팽하게 부푼 방광이 아랫배를 압박한다. 무엇보다 당신을 불안하게 하는 것은 바깥의 적막이다. 적막은 K의 행동을 짐작할 수 없게 한다. 그는 어둠 속에서 무엇을 하고 있을까. 상자 안과 밖. 안에 있는 당신이 그의 행동을 상상하는 것처럼 그도 당신의 다음 행동을 기다리고 있는 것일까. 예측할 수 없는 상대방의 행동에 당신은 사위스럽다. 몇 분 동안 흐르는 침묵조차 견뎌낼 수 없을 지경이다. 상자 뚜껑을 민다. 덜커덩 소리를 내면서 뚜껑이 바닥으로 떨어진다. 가슴이 뜀박질한다. 윗몸을 일으켜 온통 어둠뿐인 스튜디오 안을 둘러본다. 탈의실로 짐작되는 쪽으로 시선을 돌린다.

차츰 어둠에 눈이 익자 의자에 앉아 있는 K가 보인다. 옷을 걸치지 않은 K의 상반신이 어둠 속에서 희붐한 빛을 발한다. 그는 사진 촬영을 할 때면 윗옷을 벗고 카메라를 들었다. 처음에는 옷을 벗어야 하는 당신을 위한, 그의 배려라고 여겼다. 그것은 오해였다. 화려함을 벗어버린 그는 더 이상 부끄러워하지도 말을 더듬지도 않았다. 오직 자신의 사진을 위해서만 옷을 벗었다. K가 당신을 보고 있다. 사진촬영이라도 하려는 걸까. 당신은 바닥에 손을 짚고 엉덩이를 들어 올린다. 조명이 터지고 셔터 소리가 들린다. 짐작했음에도 당황한다. 당신은 다시 주저앉아 양손으로 눈을 가린다. 불빛과 셔터 소리가 거침없다. 빛이 반짝이다가 어둠 속에 묻힐 때마다 잔광에 비친 K의 안경이 번들거리다가 사라진다. 셔터를 누르는 횟수가 많아질수록 그는 이성을 잃어갈 것이다.

당신의 두상을 찍을 때였다. K의 요구대로 당신은 붉은 립스틱을 진하게 발랐다. 탄력 좋은 스타킹을 머리에 뒤집어썼다. 긴 머리카락이 두피에 착 달라붙었다. 콧대가 높고 끝이 약간 굽은 코와 얇고 큰 입술이 일그러졌다. 아버지를 그대로 박아놓은 당신의 이목구비를 스타킹이 사정없이 짓뭉갰다. 진하게 발랐던 립스틱이 스타킹 올이 늘어지는 방향을 따라 번졌다. 당신은 눈을 감았다. 고개를 살짝 들었고 입술을 벌렸다. 나일론 스타킹이 얼굴과 목을 조여 왔다. K가 당신의 긴 목에 쇠사슬을 칭칭 감았다. 당신은 똑, 하는 노출계 작동 소리, 연달아 터지는 셔터 소리에 민감하게 반응했다. K가 명암을 넣고 있었다. 당신의 옆과 뒤에 반사판이 있었다. 조명은 아래에서 시작된 듯했다. 시간이 지날수록 당신의 수치심이 괴어올랐다. 쇠사슬도 점점 무게를 더해갔다. 숨쉬기가 곤란할 정도로 목이 뻣뻣해졌다. 목구멍도 바싹 말랐다. 당신은 마른침을 삼키면서 입을 다물었다. K가 고함을 질렀다. 아가리 쫙 벌리지 못해! 니는 이미 죽었어. 목이 부러져서 죽었단 말이야. 죽은 사람이 침을 꼴깍 삼켜! 그것까지 찍히겠다, 에잇, 쌍! 온몸이 굳어졌다. 당신의 고통과는 상관없이 K가 다양한 각도에서 조명을 때렸고 여러 방향에서 사진을 찍어댔다. 좀처럼 몇 컷에 만족하지 않았다. K의 발부리에 걸린 물건들이 덜커덩 소리를 냈다. 느낌이 안 온단 말이야. 살의. 살기를 내쏘란 말이야, 엉? 에잇, 쌍! 당신은 눈을 질끈 감았고 턱을 더 높이 쳐들었다. 이미 죽

은 것이다. 목이 확, 부러져서 죽은 것이다. 그것도
아니면 쇠사슬에 묶인 시체다.

　조명이 여전히 터진다. 당신의 얼굴 위에도 야윈
어깨에도 고스란히 드러나는 가슴 위에도 빛이 번졌
다가 자취를 감춘다. 당신은 두 손으로 얼굴을 가리고
일어선다. 어깨가 움츠러들자 곧게 뻗었던 무릎이 약
간 들리고 사타구니에 힘이 들어간다. 당신이 제어하
기 전에 오줌보가 먼저 터진다. 허벅지를 적신 오줌
줄기가 발바닥 즈음에 고인다. 수치심이 등골을 훑고
채찍처럼 조명은 당신을 덮친다. 당신은 꿈쩍하지 않
는다. 한기가 온몸을 휘감는다. 이를 부딪치면서 몸을
떤다. 더 이상 셔터 소리와 빛이 두렵지 않다. 상자 밖
으로 걸음을 뗀다. 숱 많은 거웃과 오줌으로 얼룩진
두 다리에도 빛이 머물렀다가 증발한다. K를 향해 걸
어간다. 어둠 속에서, 아니 찰나적인 빛 속에서 움직
이는 대상은 당신뿐이다. K는 당신의 행동을 연출이
라고 생각하는 걸까. K의 표정이 사뭇 진지하다. 팔을
뻗으면 K가 닿을 수 있는 지점에서 당신은 걸음을 멈
춘다. 모든 열기가 머리 쪽으로 몰린다. 두 눈은 튀어
나올 정도로 달아오른다. 당신은 렌즈 너머, K의 눈을
뚫어져라 본다. 당신의 수치를, 당신의 분노를, 아니

지금 당신의 모든 감정을 렌즈를 향해 쏜다. 당신은 거칠게 팔을 뻗어 카메라를 잡아채려 한다. 당신의 행동을 예상했다는 듯, K가 카메라를 가슴 쪽으로 끌어당긴다. 균형을 잃고 주춤거리는 당신의 어깨를 그가 민다. 당신은 중심을 잃고 쓰러진다.

일순간 빛이 사라진다. 어둠이 당신의 알몸과 스튜디오를 덮는다. 아득하게 먼 곳에서 빛으로 얼룩진 기적이 울부짖는다. 당신은 빨라지는 심박동수와 달리 머릿속이 텅 비어 간다. 입속 가득 거품이 일면서 두 눈을 뒤집는다. 한쪽으로 몸을 뉘인 채 중얼거린다. 빨리, 빨리, 지나가……, 제발…….

당신은 당신의 목을 움켜쥔다. 가는 턱은 끝 부분 곡선이 완만하고 머리를 완전히 뒤로 젖히고 턱을 치켜들면 삼각형이 된다. 당신의 목을 촬영할 때 K가 그늘을 없애기 위해서 턱 바로 아래에 조명을 넣었다. 길게 이어지는 목뼈 굴곡과 의외로 희미하게 찍힌 삼각형 쇄골이 인화지 위로 윤곽을 드러냈다. 보면 볼수록 성기를 닮은 당신의 목 사진이 입체적으로 살아나 불끈거렸다. 점점 공포 속으로 빨려들어 갔다. 당신은 흑백으로 인화된 당신의 목 사진을 보고서야 몸속에 기차가 있다는 것을 알았다. 당신이 급

격하게 흥분하거나 공포에 떨 때면 어김없이 기차가 자신의 존재를 드러냈다. 당신의 공포가 기차를 요동치게 했는지, 기차가 당신을 공포에 떨게 했는지, 확실치 않다. 아버지의 성치 못한 몸속으로 미친 기차가 들어갔고 기차가 달리기만 하면 아버지의 몸속에 있던 기차도 덩달아 달렸다는 것을 알뿐이다. 기차를 이기지 못한 아버지가 서서히 미쳐갔다. 기차는 종착역 없이 계속 달렸기 때문에 아버지의 증상은 심해졌다. 발광한 아버지가 오랫동안 당뇨병을 앓아왔던 어머니를 괴롭혔고 아버지에게 시달렸던 어머니는 쇠약해져 갔다. 한쪽 몸과 뇌가 마비된 아버지의 모든 기가 아랫도리에 몰린 것과는 달리 합병증에 시달리고 있던 어머니는 메말라갔다. 어머니가 아버지를 받아들이지 못한 것이, 아버지가 왕성한 성욕을 이기지 못한 것이, 바로 당신의 공포가 되었다. 아버지의 발광은 새벽녘, 첫 기차가 지나갈 때 가장 위험했다. 그는 방문을 부술 듯 발로 차고 문고리를 잡아당겼다. 안방을 침입하듯 들어왔다. 아버지의 완력에 비해 어머니의 힘은 턱없이 부족했다. 아버지는 비록 한쪽 몸이 마비됐지만 어머니를 덮치는 기세는 위압적이었다. 어머니는 문고리가 잘리거나 문이 삐거덕거리기 시작하면 하얗게 질려갔다. 눈을 희번덕거리면서 몸을 잔뜩 움츠렸다. 두 눈만은 어린 당신을 놓치지 않으려 했다. 어머니가 치켜뜨던 그 눈, 눈빛을 피해 어린 당신은 이불을 뒤집어썼다. 아버지의 폭력보다 어머니의 눈빛이 더 무서웠다. 어머니는 우악스럽게 이불을 걷어내고는 어린 당신을 장롱에 팽개치듯 밀어 넣었다. 장롱 속에 갇힌 당신은 한바탕 폭력과 욕설을 들어야 했다. 밖으로 나갈 수도 없었다. 당신은 완전히 땀에 젖었고, 나프탈렌 냄새에 숨이 막혔다. 어둠 속에서 들리는 기괴한 소리를 들으면서 숨죽여 울어야 했다. 어린 당신은 아버지의 폭력이 극에 다다르면 오줌이 마려웠다. 금방이라도 쏟아질 것 같은 오줌을 참으면서 어서 빨리 기차가 지나가기만을 바랐다. 그러던 어느 새벽, 아버지의 울부짖음과 어머니의 신음이 절정에 이른 순간, 오줌 줄기가 터지고 말았다. 아랫도리가 따뜻해지자 정신이 몽롱해지면서 더 이상 장롱 바깥의 소음이 들리지 않았다. 질금질금 흘리던 오줌을 쏟아버렸다. 온몸이 간질거리고 얕은 신음마저 새어 나왔다. 지린내가 진동했지만 어둠도 두려움도 느낄 수 없었다. 그 순간만큼은 장롱 안은 아늑한 공간이었다.

염병할, 염병할……. 당신은 의식을 놓치지 않으려고 계속해서 욕을 지껄인다. 흐린 의식 저 너머에서 얼굴 하나를 건져 올린다. 당신이 발작을 일으키면 늘 떠오르는, 창문 아래 싸늘하게 누워 있던 어머니의 환영이다. 음산하게 솟은 광대뼈와 날카로운 턱, 가냘픈 목뼈는 불거진 것처럼 꺾여 있고 기차가 빠져나가 텅 빈 터널처럼 입이 벌어져 있다. 어린 당신은 미치도록 어머니의 몸이 보고 싶어서 가슴까지 덮여 있던 이불을 걷어버렸다. 멍 자국이 피고 앙상하게 마른 몸이 시퍼렇게 뻗어 있었다.

발작을 멈춘 당신의 머리카락을 K가 쓰다듬는다. 당신은 K와 눈이 마주치자 몸을 움츠린다. 움츠릴수록 몸이 되레 불어나는 것 같아 눈을 감아버린다. 이번이 처음도 아닌데…… 매번 몸속으로 기차가 지나간 뒤면 당신은 숨이 멎을 것처럼 헉헉거린다. 고작해야 몇 분이지만 당신이 무슨 짓을 했는지 잘 안다.

당신이 장롱 속에 갇히는 날이면 어디서 날아왔는지 모를 수많은 날벌레가 당신의 몸에 달라붙어 날갯짓을 했다. 그것들은 사타구니로 가슴골로 겨드랑이로 발가락 사이로 쉴 새 없이 들락날락했다. 당신의 신경은 이미 소름을 넘어서 야릇한 쾌감에 젖었고 몸은 열로 들떴다. 허벅지 안쪽에는 벌레들이 모여들어서 물어뜯는 것 같았다. 양 손바닥으로 허벅지를 철

썩철썩 때렸다. 벌레들을 죽이고 싶었다. 소용없는
짓이었다. 되레 숨이 끊어질 것 같았다. 머릿속까지
뿌옇게 흐려졌다. 당신은 하나둘 옷을 벗어 던졌다.
장롱 안은 열을 식히기에 비좁았다. 당신의 손은 아
랫도리를 세차게 문질러댔다. 막 자라기 시작한 체모
가 손가락 사이에 끼었다. 심한 요의를 느꼈다. 나무
속에 밴 지린내가 당신의 땀 냄새와 섞였다. 흔들림
과 소음이 멈추면 당신의 몸은 땀으로 흠뻑 젖었다.
당신의 한 손은 질 깊숙한 곳에, 다른 손은 입을 틀어
막고 있었다. 몸부림쳤던 당신의 피부에 선홍색 생리
혈이 낭자하게 묻어 있었다.

당신이 하얀 거품을 물고 쓰러졌을 때 날벌레들이
당신의 몸에 엉겨 붙는다는 것을, 과거의 남자들이
당신의 발광하는 모습을 보고 치를 떨었다는 것을,
안다. 오직 떠나지 않은 한 사람, K. 왜 K는 다른 남
자들과 다른 걸까. 나무라지 않고 꼭 껴안아 줬던 어
머니와 같은 마음일까.

당신의 마음을 아는지 모르는지 담담한 얼굴을 한
K가 당신의 입가에 묻은 거품을 티슈로 닦는다. 당신
은 몸을 튼다. 그의 손길은 당신이 움직이는 방향으
로 끈질기게 따라온다. 못 이긴 척 그에게 몸을 맡긴
당신의 입에서 한숨이 터진다. 다른 남자들처럼 K가

혐오스런 표정을 지었다면 실컷 욕을 한 뒤, 당신을 그렇게 만든 부모를 원망했을 것이다. K의 따뜻한 손길을 받은 뒤부터, 다른 사람을 원망할 수가 없었다. 그 원망은 고스란히 당신 자신에게 돌아왔다. 당신은 아랫입술을 깨물고 가슴을 쥐어뜯는다. 하필 K 앞에서 또 거품을 물고 눈을 뒤집어야 했을까. 생각하면 할수록 자괴감에 젖어 입안 부드러운 속살을 씹어댄다. K를 망가뜨려야 한다. 더 이상 당신 자신이 부서지는 게 싫다. 당신은 무스를 발라 곱게 넘긴 K의 머리카락을 면도로 밀고 하얀 와이셔츠를 거칠게 벗긴 뒤 잘라버린다. K의 날카롭게 줄 잡힌 바지에 양주를 들이붓고 광택 나는 구두에 짓이긴 벌레를 올려놓는다. 입가에 묻은 거품을 다 닦은 K가 이번에는 당신의 팔을 주무른다. 그래도 당신의 상상은 멈추지 않는다. K가 발작한 당신을 보고 평소와 다름없이 대했을 때부터 K를 망가뜨렸다. K를 짓뭉개면 짓뭉갤수록 당신은 조금씩 변해갔다. 한 물체를 빤히 쳐다보기만 했던 시선은 부드러워졌고 가는 손가락을 쭉쭉 훑기도 했으며 치맛자락을 걷어서 종아리 굵기를 재보기도 했다. 아랫배를 쓰다듬기도, 허리를 양손으로 잡아보기도 했다. 당신의 육체를 희미하게 반사시키는 액자를 보면서 K에게 미소를 던지기도 했다. K가

미소를 짓는다. 면도를 하지 않은 그의 입술 언저리
가 붉다. 당신은 아랫입술을 깨문다. 아픔이 입속 가
득 찬다. K의 눈을 똑바로 응시하려 애쓰면서 말 없
는 질문을 던진다. 당신에게 나는 어떤 존재인가
요……. 당신이 K에게 존재 의미를 찾으려 할수록 당
신의 몸은 급속도로 차가워진다.

더, 더 이상 모델 일을 하고 싶지 않아요.
당신이 마른 입술을 간신히 달싹거리며 말하자 탈
의실로 향하던 K가 걸음을 멈추고 뒤돌아선다. 뒤돌
아서는 기척을 들었으면서도 당신은 그를 올려다보
지 않는다.
한, 한 달 뒤에 사진, 사진 전시회를 가질 계, 계획
이에요. 당신이 꼭 와줬으면 해요…….
한참을 머뭇거리던 그가 입을 연다.
그는 맨 레이라는 기존 사진작가의 작품을 일부
변형시켜왔다. K가 자신의 오래된 작품을 당신에게
보여준 적도 있었다. 그는 불만족스러운 표정을 지으
면서 늘 뭔가를 뛰어넘어야 한다고 중얼거렸다. 뭔가
를 뛰어넘지 못했기 때문에 광기에 휩싸였다고 변명
하는 것처럼 보였다. 한 달 뒤에 전시회 날짜를 잡았
다고 하니 그는 뭔가를 뛰어넘었을지도, 다음 작품을

위해서 새 모델을 구하고 있을지도 모를 일이다.

물끄러미 당신을 바라보는 K를 외면한다. K가 한 숨을 내뱉으면서 느릿느릿 탈의실로 향한다. 당신은 K의 뒷모습을 좇다가 벗어놓았던 원피스를 집는다. 조명이 터진다. 원피스를 목에 걸친 당신은 본능적으 로 불빛 쪽으로 고개를 돌린다. K가 러닝셔츠를 입고 있다. 마지막……. 당신은 좀 더 밝은 곳에서 K를 보 고 싶다. 탈의실로 향한다. 가까워질수록 당신의 시 선을 잡아끄는 것은 전면 거울에 붙어 있는 사진들이 다. 그의 어깨 너머로 사진들을 훔쳐본다.

K는 좀처럼 문을 열고 탈의실 불을 켜지 않았다. 그곳은 그의 비밀 장소다. 모델 일을 그만둔다는 당신의 말에 충격을 받은 것일까. 아니면 더 이상 당신 에게 비밀이 없다는 것을 알리고 싶은 것일까. 당신 이 본 K의 뮤즈는, 눈을 감고 입을 틀어막고 허벅지 를 찰싹찰싹 때리고 옷을 찢고 질 속으로 깊숙이 손 가락을……, 넣고 있다. 사진 속에 갇힌 것들은 영원 히 현재진행형일 것이다. 당신이 볼 수 없었던, 당신 의 몸속으로 기차가 지나갔던 2분 동안의 여정이 적 나라하게 찍혀 있었다. 그 영상 위에 맨 레이를 흉내 낸 사진들을 겹쳐 놓았다. 이게 K가 말했던 그의 독 특한 새 작품이라는 걸까. 당신은 당신도 모르게 꺼

져가듯 비명을 터뜨린다. 아찔한 현기증이 일자 한두 걸음 뒷걸음질 친다. 당신이 거품을 물고 쓰러졌을 때 따뜻하게 바라봤던 K의 시선은 셔터를 누르고 난 뒤의 만족감이었을까. 그렇다면 당신은, 당신의 공포는, K의 도구에 불과했던 것일까.

일주일 전 사진 촬영을 했을 때 짐작했어야 했다. 그날은 다른 날과 달리 소품을 많이 사용했다. 당신 앞에는 허리가 잘린 마네킹이 점잖게 양복을 입고 있었고 당신은 마네킹의 민둥한 머리를 쳐다보고 있었다. 마네킹 허리에서부터 당신의 머리 꼭대기까지 K가 바라보는 뷰파인더였다. 마네킹 정수리 바로 위, 새끼줄에 매달린 벼린 도끼날이 대롱거리고 있었다. 여차하면 마네킹 머리가 두 쪽으로 갈라질 것처럼 보였다. 당신은 도끼날에 시선을 고정하고 팔과 다리에 힘을 뺐다. K가 뭔가 부족한 듯 셔터 누르기를 주저하면서 당신을 쳐다보고 있었다. 눈빛! K가 한참 뒤에야 입을 열었다. 눈빛이 그렇게 멍해서야 되겠어? 그거 있잖아. 분노, 쾌감을 넘어선 그것? K가 계속해서 고함을 질렀지만 당신은 K의 목소리가 귀에 들어오지 않았다. 새끼줄에 매달린 도끼날에 반사된 빛이 당신을 눈부시게 했다. K는 유난히 흰 피부를 가진 당신에게 밝은 조명을 쓰지 않았다. 무엇보다 당신의 나신에 아무런 관심을 보이지 않았다. 바에서 당신은 액자에 비친 K를 얼마나 만지고 싶어 했던가. 그의 연약한 이목구비를 만지고 싶을수록 손톱 밑 속살을 꼬집었다. 손가락 끝에 피멍이 맺혔다. K를 향한 감정은 낯선 것이었다. 이런 느낌은 K가 요구하는 눈빛과 거리가 먼 듯했다. 에잇, 쌍! 뭣해? 꿈꾸고 있나? 그것 있잖아, 그것? 벌레를 밟은 뒤에 느끼는 쾌감? 그 눈빛? 그 눈빛이 필요하단 말이야. K가 악을 썼다. 당신의 몸은 경직됐다. K는 당신의 모든 행동의 의미를 알고 있는 것처럼 말했다. 그리마를 죽였을 때 간질간질한 기운을 느낀다는 것을, 당신의 쾌감은 벌레들이 날아와서 물어뜯는 것과 같다는 것을……. 처음부터 그런 것들을 필름에 담고 싶어 한 게 아닐까. K에게 고개를 돌렸다가 도끼날을 보았다. 마네킹 머리가 K의 길쭉한 머리가 되었다. K가 고함을 또 질렀다. K의 검은 목구멍을 그렸다. 목구멍 속으로 그리마 다리들을 털어 넣었다. 그것들이 움직일 때마다 미친 듯이 발광하는 K를 상상했다. 그 모습은 온몸을 비틀거리면서 기차를 따라 괴성을 내질렀던 아버지의 모습과 흡사했다.

당신은 양손으로 머리를 감싸고 고개를 세차게 흔든다. 사진 소품으로 사용했던 도끼가 눈에 들어온다.

한 치의 주춤거림도 없이 도끼를 집어 든다. K가 탈의실 안으로 몸을 숨긴다. 동그랗게 몸을 말아 그늘 속으로 얼굴만 처박는다. 그의 어깨가 파르르 떨린다. 구부린 어깨 위로 대롱대롱 매달린 옷들이 흔들린다. 당신은 멈칫한다. 탈의실 안에서 곰팡내와 지린내를 맡은 것도 같다. 어린 당신이 장롱 안에 지렸던 오줌과 그곳에서 맞았던 초경. 기찻길 옆, 빨간 지붕 집에서 제일 안전한 곳이 장롱 안이라고 생각했던 어머니. 어머니는 당신을 보호해줄 곳이 어디에도 없다는 것을 알지 못했을까. 더 이상 숨을 곳도, 더 이상 도망칠 곳도 없다는 것을⋯⋯. K가 외마디 비명을 내지르면서 양팔로 목덜미를 감싼다. 그 소리에 깜짝 놀란 당신은 당신이 들고 있는 도끼를 올려다본다.

어머니가 죽고 아버지와 남게 된 어린 당신은 더 이상 기차가 보고 싶지 않았다. 기차를 보지 않으면 아버지의 발광도 잠잠해질 것이고, 터널 같은 어머니의 텅 빈 목구멍도 떠오르지 않을 것 같았다. 당신은 기차가 보이는 창문이란 창문에 모조리 판자를 대고 못질을 했다. 판자를 대고 못을 박자 뭉텅뭉텅 벽에 그려졌던 그림자와 불빛은 보이지 않았다. 불빛 잃은 기차가 더욱 요란하다는 것을 못질하고 나서야 알았다. 굉음과 진동은 더욱 높고 거칠어졌으며 벽에 금이 갔다. 아버지는 여느 때보다 사납게 벽을 긁고 문을 걷어찼다. 어린 당신은 도저히 잠을 잘 수가 없었다. 장롱 안으로 들어가려 했다. 경첩 핀이 휘었는지 한쪽 문이 밑으로 내려가 있었다. 기차가 지나갈 때마다 장롱 문이 삐걱, 삐걱……, 소리를 냈다.

당신은 당신이 몸을 숨겼던 장롱에, 아니 좀 전에 오줌을 지렸던 나무상자 위로 도끼를 내리친다. 도끼날이 나무상자에 꽂힌다. 내리친다. 나무상자가 조각난다. 마네킹 목에도 도끼날이 박힌다. 부서진다. 부수면 부술수록 가슴속에 있던 뭔가가 목구멍으로 울컥 치밀어 오르면서 입안에서 터진다. 어머니가 죽어도, 아버지의 죽음 소식을 듣고도 울지 않았다. 도끼질을 하는 당신은 더 이상 억제할 수가 없다. 고장 난 장롱 문에 매달려 있던 어린 당신의 단말마를, 아버지의 오른팔이 사정없이 어린 당신을 후려치는 소리를……. 아버지는 어린 당신을 이불 속에 감췄다. 성한 한쪽 손으로 당신의 몸을 더듬었다. 열 개의 발가락, 곧게 뻗은 종아리, 허벅지, 엉덩이, 붉게 물든 아랫도리……. 당신은 온 힘을 다해 아버지를 밀쳤다. 살의. 어머니의 눈에서 희번덕거렸던 파란 기가 아버지의 일그러진 두 눈에 옮아가 있었다. 당신은 바깥을 향해 무작정 뛰었다. 몸에서 풍기는 비린내에 몸서리쳤다. 아버지가 괴성을 내질렀다. 뛰었다. 아버지가 울부짖었다. 귀를 막았다. 힘차게 내질러야 하는 아버지의 한쪽 다리와 팔은 안으로 굽어 뒤뚱거리면서 쫓아왔다. 어린 당신은 아버지를 향해 저주를 퍼부었다. 죽어라, 죽어버려라, 콱 죽어버려라.

　당신은 조명 한가운데 엎드린다. 무릎과 양손을 바닥에 밀착시키고 엉덩이를 높이 치켜든다. 당신의 몸은 삼각형이 된다. 몸 아래, 조각난 나무상자와 마네킹이 널브러져 있다. 엉덩이 사이로 숱 많고 긴 음모들이 공중으로 솟는다. 스탠드 할로겐 라이트가 둥그런 엉덩이를 흰빛으로 살려내고 바닥에 설치된 노란 셀로판지를 댄 미니 소프트 박스가 음모를 금빛으로 물들인다. 셔터 누르기를 주저하는 K를 향해 당신은 고함을 지른다. 제기랄, 찍어, 찍으란 말이야! 당신의 고함을 듣고 K가 셔터를 누른다. 셔터 소리에 맞춰 당신의 턱은 바닥에 닿는다. 양손을 앞으로 쭉 펴고 입을 크게 벌린다. 가슴속에 가둬놓기만 했던 기차가 요동을 친다. 밖으로 빠져나가지 못한 녹슨 기차가 쇠쇠, 소리를 내면서 맴을 돈다. 당신은 입을 크게 벌린다. 당신의 입에서 빠져나오기 시작한 기차가 기적을 울린다. 그 소리는 어둠을 찢을 것처럼 날카롭고 높을 뿐만 아니라 몸체는 분노에 활활 타오르는 것처럼 뜨겁다. 몸이 뒤틀린다. 당신은 눈을 감아 버린다.

기차가 지나간 기찻길은 조용하다. 당신은 빨간 지붕 집 옆, 기찻길 옆에 서 있다. 어느새 당신은 한쪽 손에 인형을 쥐고 양팔을 벌리면서 균형을 잡고 있는 어린 당신을 본다. 작은 발이 아슬아슬하게 선로를 딛고 있다. 먼 곳에서 기적이 울리고 기차가 서서히 어린 당신을 향해서 온다. 점점 커지는 마력 같은 기차가 어린 당신의 시선을 붙든다. 어린 당신은 꼼짝하지 않는다. 진동은 거세지고 속력은 빨라진다. 당신은 어린 당신을 향해 소리를 지른다. 당신의 목소리는 꿈결처럼 아득하게 메아리쳐 울릴 뿐, 전달되지 않는다. 곧이어 뭔가가 부딪히는 소리가 모든 광경을 삼켜버린다. 당신은 찔끔 눈을 감았다가 뜬다. 어린 당신이 풀밭에 쓰러져 있고 인형이 떨어진 철로 주변에 피투성이 아버지가 나뒹굴고 있다. 저, 정신차, 차리세요. 셔터 소리와 함께 광기 빠진 K의 목소리가 들린다. 당신은 혼미해진 정신을 추스른다. 당신의 몸은 텅 비어 버린 터널처럼 힘이 빠진다. 팔과 무릎이 바닥으로 무너진다. 파편들이 송곳처럼 맨몸을 찌른다. 마지막 힘을 실어 간신히 몸을 일으킨다.

다시 한 번 입을 크게 벌린다. 당신의 목은 긴 철길이 된다. 덜컹덜컹 소리를 뱉어낸다. 이번에는 모든 창문에 검은 커튼이 내려진 기차다. 기차가 서서히 당신의 몸속으로 들어온다. 마지막 칸에 건장한 사내가 서서 양손을 흔들고 있다. 철로로 튀어 오르는 햇살이 사내의 얼굴에서 부서진다. 눈부셔서 이목구비를 확인할 수 없다. 사내가 뒤돌아서서 커튼이 내려진 기차 안으로 들어선다. 마침내 당신은 사내를 알아본다. 매끈한 정수리를 가진 아버지다.

베이비 파라다이스

동굴이 흔들린다. 흙이 부스러지면서 날린다. 나는 균형을 잃고 고꾸라진다. 악취 묻은 미세한 입자가 코와 입속으로 몰려든다. 마른기침이 터지려 하자 입을 다물고 숨을 참는다. 계속 나아가야 할까. 돌아가야 할까. 구불구불하게 뚫려 있는 저 끝이 정말 출구일까. 겨우 열 걸음 떼었을 뿐인데 의심부터 솟는다. 밤새 한숨도 자지 못해 그런 것이라고 나를 다독이지만 양다리에 힘이 빠지는 것은 어쩔 수 없다. 일어나는 것을 포기한 채 바닥에 등을 댄다. 등이 따끔거리고 뒤늦게 바스러진 흙이 몸 위로 쏟아진다. 잔 먼지가 가라앉을 즈음 얼굴을 훔친다. 피로가 한꺼번에 몰려온다. 입을 꽉 다문 채 깊은 잠 속으로 빠져든다.

조종소리에 눈을 뜬다. 혀는 쪼그라들어 입 바닥에 바싹 달라붙었다. 지독한 갈증이 인다. 침을 삼키면서 혀를 놀린다. 앞니 세 개가 나란히 빠져버린 빈자리에 짠맛이 돈다. 입술을 꾹 다물고 손목에 힘을 준다. 손톱이 닳고 닳아서 곧 빠질 것처럼 시려온다. 허연 살비듬이 더께더께 붙은 엉덩이를 털면서 일어난다. 뼈들이 어긋나는 소리가 들린다. 어깨를 구부리자 쇄골이 불거지고, 앙상한 갈비뼈가 도드라진다. 축 처진 가슴이 덜렁거리고 허벅지 살갗도 몰매를 맞은 것처럼 욱신거린다. 숨이 찬다. 몸을 움직이자 모래가 떨어진다. 골짜기는 적막에 숨죽이고 사위어가는 햇살이 붉은 노을을 만들고 그 노을 속으로 어둠이 깃든다. 낮을 단단히 움켜쥔다. 어둠에 서서히 묻혀가는 샛길을 더듬으면서 박공지붕 집으로 향한다.

박공지붕 집은 숲속, 둥그런 분지 한가운데에 있다. 분지 끝과 끝을 오가는 데는 족히 두세 시간이면 충분하다. 분지를 둘러싼 사방이 절벽이다. 절벽은 30미터 높이로 솟아 있고 절벽 위는 침엽수림이 무성하다. 천연 감옥이라고 할까. 둥그런 형태의 분지는 억새무리와 잡나무로 빽빽하다. 잡나무 가지를 넝쿨이 휘감고 있지만 가뭄에 거의 말라붙어 줄기만 불거져 있다. 박공지붕 뒤, 대나무 숲을 가로지르던 도랑도 바닥을 드러낸 지 오래다. 마른 잎과 새똥만 켜켜이 쌓여 있다.

대나무 숲에 몸을 숨겼던 나는 뒷마당으로 내려간다. 열다섯 번째 조종소리가 이제야 멈춘다. 조종소리는 B가 기도할 때마다 울린다. 오늘은 출산 의식을 위해서 밤새 종소리를 들어야할지 모른다. 나는 살짝 열린 뒷문에 몸을 밀착시킨다. B의 웅얼거리는 기도소리와 여자의 신음이 들린다. 열린 문틈으로 홀을 들여다본다.

홀은 지붕 꼭대기에서 쏟아지는 푸른빛의 잔광으로 물들어 있다. 창 밑의 콘솔과 콘솔 위의 화병, 대리석 바닥과 붉은 벽. 박공지붕까지 이어진 홀 중앙에 솟은, 계단을 감싼 흰색 기둥. 꼭대기에는 아청빛 조종이 벌집처럼 매달려 있고 그 옆에는 제단이 있다. 제단 앞에서 B가 웅얼거리는 기도소리가 향불연기처럼 실내에 퍼진다. 계단참마다 향대가 꽂힌 향단지가 놓여 있다. 향냄새가 정신을 혼미하게 한다. 나는 치마를 찢어 코를 막는다. 숨쉬기가 답답하지만 향을 계속 맡다가는 정신을 잃을 수 있다. 저 향은 취혼향임에 틀림없다. 마음은 편안해지지만 어느 순간 모든 생각이 정지해버린다. B가 저 향에 취하지 않은 것이 이상하다. 해독제를 미리 복용하고 있을까. B라면 충분히 그럴 수 있다.

여자는 기둥 그늘 아래에 산발한 채 누워 있다. 가랑이 사이에 끼워진 베개를 꺼내 입을 틀어막듯 얼굴에 파묻는다. 윗옷을 끌어올린다. 잔광이 여자의 몸에 드리운 그늘을 지운다. 불룩한 배와 탱탱한 유두가 드러난다. 여자가 비명을 내지른다. 웅얼거리던 기도소리가 그쳤다가 이어진다. 여자는 끙끙 앓는 소리를 낸다. 젖가슴을 계속 비튼다. 이마에 땀이 흐르고 가슴골로 흥건하게 유즙이 고인다. 한바탕 몸부림치더니 베개를 끌어안는다. 두 손으로 베개를 움켜쥐고 힘껏 가슴을 압박한다. 삐그덕, 나무 계단이 뒤틀리는 소리가 나자 향내가 묻은 습한 공기가 와락 밀려온다. 도망쳐야한다고 생각하면서도 꼼짝할 수가 없다. 계단을 타고 내려오는 희미한 발소리가 커진다. 점점이 얼룩처럼 번지는 검은 그림자가 갈증을 넘어선 두려움으로 나를 삼킬 듯 덮쳐온다. B다.

B는 뒷문에 몸을 숨긴 나를 눈치채지 못하고 여자 곁으로 간다. 여자의 둥근 젖가슴을 뚫어져라 본다. 붉은 입술에 미소가 번지고 퀭한 눈이 반짝인다. 앙상한 손가락으로 머리카락을 쓸어 올리면서 입맛을 다신다. 나는 낫을 쥐고 있는 손아귀에 힘을 준다. 여

자는 모든 기가 빠져버린 사람처럼 겨우 숨만 쉴 뿐 미동조차 없다. B가 여자의 젖가슴을 부드럽게 주무르자 젖꼭지에 유즙 한 방울이 맺힌다. 창문을 힐끔 쳐다보는가 싶더니 단번에 젖꼭지를 입에 물고 오른손으로 여자의 아랫배를 누른다. 여자의 비명소리가 커진다. B의 깊게 패인 홀쭉한 볼과 목울대가 꿈틀거리는가 싶더니 매서운 눈이 나를 잡아챈다. 순식간에 세찬 바람이 창문을 때린다. 유리창이 덜컹거리고 바람에 쏠리는 향내가 내 목을 조른다. 대나무 숲을 향해 정신없이 뛴다.

1년 전, 나는 기차역 주차장에서 검은 봉고차에 올랐다. 봉고차 옆문에는 '베이비 파라다이스'라는 글자가 조그맣게 적혀 있었다. 출산할 때까지 산모를 돌봐주는 것은 물론 몸조리까지 책임진다고 했다. 출산장려를 위해 저소득층 산모를 대상으로 국가에서 운영하는 재단이라고 했다. 봉고차 안은 간이침대가 놓여 있고, 붉은 커튼으로 창문을 가리고 있었다. 응급시를 대비하는지 간호사복을 입은 여자가 환한 미소로 맞아주었다. 침대 옆에 분홍색 안락소파가 있었으나 피곤하다면 침대에 누워도 괜찮다고 했다. 소독냄새와 다른, 좋은 향이 실내를 가득 채우고 있었다.

언제 출산할지 모른다는 두려움으로 거리를 걷던 긴장감 때문이었을까. 나는 침대로 가서 누웠다. 간호사가 얇은 담요를 덮어주며 미소 띤 얼굴로 말했다. 한숨 자요. 일어나면 간단하게 입소원을 받을께요. 이제 아무 걱정 말아요. 간호사의 말이 자장가로 들렸다. 깊고 깊은 잠속으로 빠져들면서 막연하게 향이 참 좋다고 생각했다.

눈을 떴을 때 간호사는 곁에 없었다. 차는 여전히 도로를 달리고 있는지 간간히 흔들렸다. 처음 탔을 때 보지 못했던 운전사는 모자를 깊게 눌러쓰고 있었다. 얼마나 잤는지 시간감각이 무뎌졌다. 커튼을 들춰 밖을 보았다. 보이는 것은 어둠뿐이었다. 달콤한 향이 후각을 자극했고 낮은 휘파람 소리가 어디선가 들렸다. 다시 잠이 몰려왔다. 잠결에 둔중하게 울리는 조종소리에 눈을 떴다가 감기를 반복했다. 종소리는 꿈속인 듯 환상인 듯 어리둥절한 상태 속으로 나를 빠뜨렸다. 마치 마법의 주술과 같았다.

다시 눈을 떴을 때 둥근 지붕이 보이는 커다란 홀 안에 누워 있었다. 몸을 일으켜 둘러봤다. 내가 깨어나는 시간을 알고 있었는지 여자 둘이 나를 향해서 걸어오고 있었다. B와 말더듬이었다.

사방은 푸른빛 잔광으로 은은했고 잔광을 등지고

앉은 B는 후광에 휩싸인 듯했다. 나이를 가늠할 수 없는 B의 얼굴은 아기 피부처럼 윤이 흘렀고 눈빛은 웃음을 머금고 있었다. 비몽사몽간 B의 얼굴을 가만히 쳐다보다 선뜩한 기운을 느낀 것은 그녀가 내 볼을 쓰다듬었을 때였다. 소름 끼치도록 차가운 손가락은 모든 피를 얼게 할 정도였다. 몸이 절로 움츠려 들었다. 순식간에 미소를 거둔 B가 손가락으로 자신의 턱을 문질렀다. 우윳빛 액체가 턱 끝에 말라 있었다. 나는 본능적으로 가슴을 가렸다. 그제야 내 윗도리가 벗겨지고 가슴을 드러내놓고 있다는 것을 알았다. 꼿꼿이 선 젖꼭지가 손바닥에 쓸리며 쓰렸다. B를 노려봤다. B도 내 눈을 피하지 않고 응시했다. 오히려 불쾌한 듯 눈을 크게 치떴다. 방금 전 온화한 눈빛과 달리 날랜 맹금류의 그것처럼 위압적이었다. B의 눈빛에 기가 꺾였다. 슬그머니 고개를 숙이자 B가 뒤돌아 일어섰다. 키가 컸다. 긴 사지를 감싼 벨벳 드레스가 바닥에 끌렸고 단정하게 묶은 머리가 엉덩이에서 찰랑거렸다. 따라 일어선 말더듬이는 B에 비해 초라했다. 축축이 젖은 셔츠에서, 보자기처럼 구깃구깃한 붉은 치마에서 비릿한 냄새가 났다. 멍한 눈빛으로 나를 쳐다보다가 B의 뒤를 좇아갔다. 나는 몸을 떨며 윗도리를 찾았다. 사방을 둘러봐도 보이지 않았다.

현관으로 나서는 B와 말더듬이의 뒷모습에 대고 옷을 내놓으라고 소리쳤다. 하지만 말이 되어 나오지 않았다. 잔광에 익숙해진 나는 벽에 걸린 장식품으로 눈을 돌리다가 소리를 지를 뻔했다. 실제 모습과 거의 흡사한 갓난아기 인형들 때문이었다. 아기들의 얼굴은 제각각 다른, 웃는 표정이었지만 왠지 모르게 슬퍼보였다. 너무 행복한 표정이, 아니 너무나 실제 같은 얼굴이 소름끼쳤다. 마른침을 삼켰다. 이곳이 정말 산모들을 돕는 곳일까, 라는 의구심에 가슴이 쿵쾅거리며 뛰었다.

대나무 숲을 벗어나 솔밭으로 허겁지겁 뛴다. 향내가 몸에서 빠져나가자 숨통이 트이고 기운이 돌아온다. 더욱 힘껏 내달린다. 다 닳아 헤진 옷 속으로 솔가지가 파고들고 송침이 발바닥을 찌르며 가시나무가 살갗을 할퀸다. 멈출 수는 없다. 아니 멈춰서는 안 된다. 박공지붕 꼭대기 창문에서 B가 내려다보고 있을지도 모른다.

일주일 전 창고 문을 부수고 탈출했을 때 넝쿨을 잡고 절벽을 오르려 했다. 달빛 없는 산골짜기는 을씨년스럽게 깜깜했지만 박공지붕 꼭대기에 설치된 푸른 감시등이 내 모습을 붙들고 말았다. 감시등은

밤낮으로 쉬지 않고 360도 회전하면서 사방 분지로 빛을 쏟아냈다. 넝쿨에 매달려 있던 나를 집중적으로 비췄다. 그 빛이 아니더라도 넝쿨 줄기는 내 몸무게를 지탱할 수 없었다. 누군가 낫으로 줄기를 쳐냈는지 손을 뻗을 수 있는 높이의 것은 가늘고 연약했다. 바닥으로 떨어졌다. B가 밤사이 내가 숨어 있던 넝쿨 주위를 몇 번 지나갔지만 들키지 않았다. 아침 햇살이 비추었을 때에야 넝쿨을 받치고 있던 것이 나무둥치가 아니라 우산처럼 펼쳐진 동물 뼈라는 것을 알았다. 각기 다른 덤불들이 다닥다닥 붙어 있는 형상이 위협적으로 다가왔다. 집채만 한 덤불 주변 흙 속에서 반쯤 묻혀 있던 식기구와 농기구들을 발견했다. 그날 낫을 주운 것은 행운이었다.

나는 턱까지 차오른 숨소리를 죽이며 힐끔 뒤를 돌아본다. 덤불 속에 몸을 감추고 숨을 돌린다. 감시등이 박공지붕 집 뒤로 향하고 있다. 내가 도망친 것을 알았을 텐데 나를 내버려두고 있다. 여자의 출산이 임박해서일까.

한 달 전 여자가 처음 이곳에 왔을 때 나는 보육원에서 같이 자란 아이라는 것을 알아보았다. 여자의 얼굴은 살이 올라 더욱 둥그스름해졌지만 깊은 쌍꺼풀과 입술 위, 갈색 반점은 그대로였다. 지하창고에

오 개월째 갇혀 있던 나는 지상으로 나 있는 쇠창살 문을 통해 집 주위를 돌아다니는 여자의 얼굴을 자세히 살폈다. 무표정하고 쉼 없이 굴리는 눈동자가 여자의 삶도 평탄치 않았음을 짐작케 했다. 여자도 이곳에서 몸을 풀어야 했다. 바깥 세상에 나간다면 분명 손가락질을 받을 게 뻔했다. 어쩌면 나와 같은 절차를 밟고 이곳까지 왔는지도 모를 일이다. 나는 여자를 부르지 않았다. B는 당분간 여자에게 잘해줄 것이고 많은 것을 알지 못하는 여자는 B에게 복종할 것이다. 시간이 지날수록 여자는 나처럼, 아니 말더듬이처럼 변해갈 것이다. 여자와 함께 도망쳐야 한다. 같이 도망칠 기회는 출산 직후뿐이다.

박공지붕 집으로 다시 되돌아온 나는 뒷문에 몸을 붙이고 홀을 염탐한다. 여자가 거칠게 숨을 몰아쉰다. 온몸을 쥐어짜듯 내지르는 소리가 절박하다. B의 쉰 목소리가 간간이 끼어든다. 막바지로 치닫는 고함 같은 신음이 빨라지는가 싶더니 여자의 가랑이 사이에서 아기가 뭉텅 빠져 나온다. B가 재빨리 아기를 들어올린다. 두 다리를 거꾸로 잡고 엉덩이를 힘껏 때리자 울음을 터뜨린다. 탯줄을 자른 B가 아기를 안고 욕실로 향한다. 성큼성큼 걷는 B의 얼굴은 선홍빛이다. 여자는 꿈쩍하지 않는다. 혼절했을까. 온몸이 땀과 피로 범벅이 된 채 축 늘어져 있다. 여자를 깨워야 한다. 지금 눈을 뜬다 해도 움직이는 것은 힘들 것이다. 그러나 지금이 아니면 영영 여자와 함께 탈출할 기회는 없을 것이다. B가 갓 태어난 아이를 가지고 비밀리에 긴 의식을 치를 동안 이곳을 빠져나가야 한다.

욕실에서 나온 B가 계단마다 놓인 향단지에 새로 향불을 피운다. 향냄새와 함께 어디선가 클로로포름 냄새가 난다. B는 곧장 부엌으로 향한다. 부엌에서 B의 웅얼거리는 소리와 콧노래가 뒤섞인다. 여자가 몸을 비튼다. 팔다리를 꼼지락거리면서 일어서보려고 안간힘을 쓴다. 향내가 진동하고 코를 마비시킬 듯 독한 내가 내 몸을 감싼다. 나도 여자처럼 서서히 기운이 빠져나간다. 아무 소리도 들리지 않은 부엌 쪽으로 고개를 돌린다. 꺄르륵, 거리는 아기 웃음소리가 나는 것도 같다. 겨우 고개를 쳐든 여자가 헉헉 숨을 몰아쉬더니 그대로 뻗어버린다. 여자를 깨워야 한다. 그렇지 않고 여자가 그대로 잠들면, 아니 다시 깨어났을 때는 B의 손에서 벗어날 기회마저 잃고 말 것이다. 다글, 다글, 물 끓는 소리, 슥, 슥, 칼 가는 소리가 잠잠해지는가 싶더니 부엌문을 여는 소리가 난다. 나는 낮을 들고 있는 손아귀에 잔뜩 힘을 준다. 부엌과 욕실을 오가던 B가 비닐에 싸인 아기를 안고 검은 가방을 들고 계단을 오른다. B의 그림자가 사라지자 여자의 윗몸을 일으킨다. 여자가 눈을 가늘게 뜨고 나를 뚫어져라 본다. 소리 없는 비명을 지른다. 쩍 벌어진 입술을 비틀어 나를 밀쳐내려고 팔을 휘젓는다. 곧 힘이 부치는지 팔을 바닥에 떨어뜨린다. 여자를 일으켜 세운다. 여자의 목을 두 손으로 움켜쥐고 질질 끌다시피 문 쪽으로 간다. 혼절한 여자의 무게가 천근 같다. 불과 몇 미터 앞에 있는 문이 아득하다. 사력을 다해 여자를 끈다. 뼈마디마디가 툭 툭 불거지고 살갗은 찢어질 듯 통증이 인다. 간신히 여자를 문까지 끌고 온 나는 힐끔 계단 위를 쳐다본다. 쏴, 쏴. 주문 같은 B의 웅얼거림이 거세지면서 울부짖음으로 바뀐다. 아기의 울음소리는 더 이상 들리지 않는다. 여자의 손을 잡고 동굴로 향한다. 동굴이 이곳을 나갈 수 있는 유일한 출구일 것이다. 말더듬이가 사라지기 전에 마지막으로 했던 말이 '동굴'이었다. 그녀는 어디로 갔을까. 이곳을 탈출하는 데 성공했을까.

박공지붕 집에 들어온 이튿날 말더듬이를 찬찬히 훑어보았다. 사십대 초반처럼 보였다. 눈가에 잡힌 잔

주름과 처진 볼살, 질끈 묶은 생머리는 푸석했고 불러오는 배를 안고 뒤뚱거리며 걷는 모습이 힘겨워 보였다. 임부인 그녀를 봤을 때 같은 처지라는 생각에 반가웠다. 말더듬이의 뒤만 졸졸 따라다녔다. 그녀는 내 관심을 모른 척했다. 오히려 나를 무시했다. 어떻게 마흔 살이 넘어서 미혼모가 될 수 있냐고 물어도, 정말 출산한 아기를 비밀리에 입양시켜 주느냐고 물어도, 묵묵부답이었다. 가끔 B가 차려준 음식을 앞에 두고 헛구역질을 할 때면 알 수 없는, 슬픈 표정으로 내 몸을 훑어보았다. 나를 한참이나 쳐다보던 말더듬이의 눈동자가 흔들리는 것도 같았다. 왜 그러냐고 물으라치면 말더듬이는 모른 척하면서 먹는 일에 집중했다. 말더듬이의 헝클어진 머리와 만삭인 배를 보다가 그녀처럼 불러오는 내 배를 쓰다듬었다. 더 이상 도망칠 곳이 없었다. 내가 살던 곳에서 쫓겨 오다시피 했다. 뭔가 이상한 구석이 있기는 했지만 폐쇄된 이곳이 마음에 들었다. 외부와 차단된 곳. 다른 사람들의 손가락질을 받지 않아도 되는 곳. B는 내가 좋아하는 음식을 어떻게 알았는지 매 끼니마다 요리를 해줬다. 첫인상과 달리 B가 싫지 않았다. 어린 시절을 보육원에서 보낸 내게, 그 당시 고아원 보모보다 더 지독한 사람을 여태껏 만나보지 못했다. 성인이 돼서도 그 시절

보다 나을 게 없었다. 살고 있던 방은 몇 달째 월세가 밀렸고 통장 잔고는 바닥난 지 오래였다. 경리로 근무하고 있던 건설회사도 내가 임신한 사실을 알자 퇴사를 강요했다. 그렇다고 몇 번 잠을 잤던 남자에게 결혼해 달라고 말할 수 없었다. 남자는 내가 임신한 사실을 알자 도망쳐버렸다.

두 달이 지나자 말더듬이의 가슴과 엉덩이는 풍만해질 대로 풍만해졌다. 며칠 뒤 출산을 했지만 아기는 볼 수 없었다. 머리가 하얗게 세고 멍하게 주위를 두리번거리며 걷는, 소위 산송장과 같은 말더듬이를 봤을 뿐이다. 그녀는 더듬는 말조차 하지 않았다. 퀭한 눈으로 절벽을 더듬으며 다니는 것을 봤을 때에는 사산아를 출산한 후유증으로 머리가 이상해졌다고 생각했다. 그녀를 못 본 척했다. B도 그녀를 내버려두었다. 단지 그녀가 곁에 오면 혀를 차면서 핀잔을 주었다. 이제는 안 될 거야, 안 돼……. 그러고는 나를 쳐다보면서 흐뭇하게 웃었다. 정확히 말하면 내 얼굴을 본 것이 아니라 점점 불러오는 배를 보면서 웃었다.

말더듬이의 산후조리는 끝났다. 산후조리라지만 그녀는 음식에 거의 손도 대지 않았고 바깥바람을 쐬면서 돌아다녔다. 그 모습을 지켜보던 B가 말더듬이의 팔을 움켜잡았다. 끌려가지 않으려고 발버둥치는 말더듬이를 솔밭과 넝쿨 숲을 지나, 무성하게 뒤덮인 억새밭으로 끌고 갔다. 억새밭에는 헤아릴 수 없이 많은 봉분들이 솟아 있었고, 봉분 위로는 쑥이 떼처럼 덮여 있었다. 무덤 뒤로도 억새밭이 이어졌다. 시야 끝에 억새밭을 감싸듯 높은 절벽이 버티고 있었다. 나는 우거진 잡초 사이로 몸을 숨겼다. B와 말더듬이도 무덤 사이로 모습을 감췄다. 잠시 정적이 흘렀고 휘파람 소리가 나직이 들렸다. 모자를 깊게 눌러쓴 사내가 저벅저벅 걸어 나왔다. 봉고차를 운전했던 사내인 듯했다. 바람이 불자 억새들이 움직이면서 쏴쏴쏴, 소리를 냈다. 그 소리를 따라 휘파람 사내가 모습을 감췄다. 뒤이은 말더듬이의 비명, 헉, 헉, 뭔가를 찍어 누르듯 거칠고 낯선 소리 뒤로 이어지는 사내의 욕지거리. 쉬익, 쉬익, 바람 소리. 바람에 흔들리던 억새. 햇빛에 더욱 퍼렇게 빛나는 무덤을 덮은 쑥들. B는 그 광경을 흐뭇하게 보고 있었다. 그 오후의 시간은 짧고 강렬했고 내 입에서 저절로 신음이 터졌다.

내 손을 잡고 따라오던 여자가 신음을 터뜨린다. 숨이 찬 목소리로 아기는……, 이라고 묻는다. 못들은 척한다. 여자도 자신이 아기를 키울 형편이 아니라는 것을 잘 알 것이다. 대답 대신 여자 손을 잡아끈다. 별다른 반항 없이 따라온다. 여자와 나는 넝쿨을 벗어나 두 갈래로 나눠진 샛길에 당도한다. 오른쪽은 박공지붕 집으로 가는 길이고 왼쪽 길은 무성하게 뒤덮인, 휘파람 사내의 거처가 있는 억새밭이다. 억새밭을 지나야 동굴로 갈 수 있다. 내가 막 여자 손을 이끌고 왼쪽으로 향하려 하자 다른 곳을 비추던 감시등이 우리 쪽으로 방향을 튼다. 이제야 여자가 없어진 것을 안 모양이다. 겁을 잔뜩 먹은 여자가 주저앉아버린다. 자리에서 꿈쩍하지 않은 채 의심에 가득 찬 눈으로 나를 흘겨본다. 여자 손을 잡고 다시 이끈다. 여자는 거칠게 손을 빼 버린다. 이를 악물고 여자 목을 움켜쥔다. 여자를 덤불에 밀어 넣고 주위를 둘러본다. 감시등이 덤불을 막 덮칠 참이다. 내 모습이 불빛에 드러나면 휘파람 사내가 달려올 것이다. 휘파람 사내를 유인해야하나……. 잽싸게 덤불에 들어가 여자를 안고 땅바닥에 웅크린다. 다행히 감시등이 여자와 나를 지나쳐간다. 몸을 일으킨 나는 여자를 이리저리 살펴본다. 온몸이 상처투성이다. 찢어지고 할퀸 채 핏물에 젖어 있다. 여자 곁에 앉는다. 이곳까지 오는 동안 여자는 몇 번 까무러졌다. 나는 더 이상 여자를 끌고 갈 힘이 없다. 내가 한숨을 쉬자 여자가 눈을 감아버린다.

"너, 독, 독거미라는 별명이 붙은 보, 보모 기억하니? 아, 아주 어, 어린 시절 이야기인데……."

여자가 눈을 뜨고 나를 본다. 놀라움과 혼란스러움과 두려움이 뒤섞인 눈빛이다.

"한 여자 아이가 있었어. 중학생이 될 때까지 한쪽 다리가 떨어져 나간 바비인형을 간직하고 있던 아이였어. 그 아이가 가장 좋아하는 언니가 있었지. 그 언니는 고등학교를 졸업하자 더 이상 그곳에 머물 수가 없었어. 그곳을 떠나야 했지. 아이가 떠나는 언니를 붙잡으면서 이렇게 말하는 거야. 언니, 언니 담에 결혼하면 우리 같은 아파트에서 살자. 진짜 자매처럼 말이야……."

여자는 아무 말 없이 눈물을 흘린다.

보육원 시절, 남녀가 섞인 열 명 남짓한 고아들이 보모 한 명을 중심으로 한 집에서 생활했다. 보모들은 열 명이었다. 그곳에는 초등학교와 중학교가 있었다. 남자들은 중학생이 되면 어김없이 남자 기숙사로 옮겨야했다. 나는 내가 좋아하는 고등학교 오빠에게 연애편지를 썼고 편지 전달자로 여자아이를 지목했다. 제일 나이가 많았던 나는 보모 다음, 제2의 권력

자나 다름없었다. 깊은 속눈썹과 큰 눈망울을 가졌
던, 이제 막 가슴이 생겨 젖꼭지가 얇은 면 티 위로
불거졌던 여자아이였다. 기숙사로 몰래 심부름을 보
낸 다음 날, 여자아이는 보모 방에서 거의 한달 동안
나오지 않았다. 지독한 감기에 걸려 다른 아이들에게
옮길 것 같아 격리한다고 보모가 말했다. 그날 여자
아이는 남자기숙사에 갇혔고 기숙사에 있던 대부분
의 남학생들이 여자아이를 성폭행했다는 것을 뒤늦
게 알았다. 보모는 그 책임이 고스란히 자신에게 전
가될 거라는 두려움에 여자아이를 협박하여 침묵하
게 했다. 여자아이는 침묵했지만 남자들은 그냥 내버
려두지 않았다. 다리 잘린 바비인형을 가지고 다니던
여자아이를 걸레라고 불렀다. 나도 남자들처럼 똑같
이했다. 고등학교를 졸업하고 세상으로 나왔을 때 내
가 걸레보다 못한 쓰레기라는 것을 알았다. 보육원
출신이라는 이유 때문이었다. 그런데 지금, 그곳으로
다시 가려고 발버둥치고 있다. 내가 말더듬이처럼 변
해가기 전에, 여자가 이곳 산모들의 전철을 밟기 전
에, 탈출하려고 한다. 무슨 미련이 있는 걸까.

　억새밭을 다녀 온 뒤 말더듬이는 더욱 말이 없어
졌고 꿈쩍하지 않았다. 단지 홀 안을 거닐면서 박제
된 아기인형들을 보기만 했다. 그중에서 몇 개는 자

신의 손으로 쓰다듬었다. 그 모습이 애처로워 보였다. B는 말더듬이가 박제된 인형들을 손으로 만지는 것을 보자 기겁했다.

"더러운 손, 치우지 못해?"

"썩, 써억, 썩는 내가 나……."

곧 쓰러질 것 같던 말더듬이가 눈을 홉뜨고 B를 노려봤다. 더듬대는 목소리가 또랑또랑했다.

"이년, 썩은 내는 니 년한테서 나는 거여. 아무 쓸모도 없는 년!"

"니, 니가, 이미 다, 다, 가져가 버, 렸잖아. 니, 니는 마녀야. 괴물을 낳은 마녀."

말더듬이는 죽음을 각오한 것처럼 오히려 B보다 한쪽 눈을 더 치켜뜨고 대들었다. B가 말더듬이 쪽으로 성큼성큼 걸어갔다. B의 움푹 꺼진 눈에서 퍼런빛이 번뜩였다. 나는 사지를 떨면서 말더듬이 대신 두 손으로 빌었다. 불똥이 내게 튈 것 같았다. 말더듬이는 전혀 두려운 기색 없이 실실 웃기까지 했다.

"내, 내 아이들……. 박제인형으로 만, 만들어 버렸잖아. 내가 이, 이번에는 죽, 죽여 버렸지. 흐흐흐."

"이런 몹쓸 년! 아기가 그렇게 죽은 줄도 모르고 난……."

순식간에 B가 입가에 비웃음을 흘리면서 말더듬

이의 머리채를 잡아챘다.

"놔, 놔! 나, 나, 동, 동굴을 알아, 도, 도망갈 거
야."

말더듬이가 철없는 아이처럼 칭얼댔다. 두 손으로
B의 팔을 붙들고 매달렸다.

"이년, 아예 혀를 뽑아주랴?"

머리카락을 더욱 움켜쥔 B가 말더듬이를 질질 끌
면서 바닥을 맴돌았다. 나는 출입구 쪽으로 뒷걸음질
쳤다. B가 고개를 돌려 나를 쏘아봤다. 한참을 뭔가
궁리하던 눈빛을 띠더니 단걸음에 부엌으로 달려갔
다. 식칼을 들고 나왔다. 나도 모르게 무릎을 꿇고 B
의 종아리를 붙들었다. 이대로 B의 손에 말더듬이가
죽을지도 모른다는 공포감에 오줌을 지렸다. 살고 싶
은 욕망과 저항할 수 없는 절망이 동시에 숨통을 조여
왔다. 한 가닥 위안이라면 B가 출산을 앞둔 나를 해하
지 않을 거라는 계산이었다. 발소리가 어느 순간 멀어
지고 침묵이 흐르자 겨우 고개를 들었다. 이미 말더듬
이의 모습은 보이지 않고 B가 식칼을 높이 든 채 나를
내려다보고 있었다. 배를 움켜잡고 쓰러졌다.

의식을 차렸을 때 머리맡에 B가 앉아 있었다. 잠
시도 내게서 한눈을 팔지 않았다. 한밤중에도 깨어
있었고, 이불 속으로 손을 집어넣어 가슴을 만지곤

했다. 때론 잘 여물어가는 과일을 흐뭇하게 쳐다보듯 위아래로 훑어보기도 했다. 아랫배에 귀를 갖다 대고 아기가 발길질하는 소리를 듣기도 했다. 무엇이 먹고 싶은지 끊임없이 물었고 내 대답이 떨어지기가 무섭게 음식을 만들어냈다. 손수 목욕까지 시켜주었다. 그러고는 자장가를 부르면서 말을 했다.

"……아들을 갖고 싶어 하는 남편이 있었어. 내가 아들을 낳자마자 도망가 버렸지, 왜……, 왜……, 흐흐……, 나는 그때부터 자식 때문에 불행한 사람들에게 아기를 입양시켜 주기로 했어." B는 흐느끼면서 잠시 말을 끊는가 싶더니 내 눈을 똑바로 응시한 채 말을 이었다. "……말더듬이는 더 이상 아기를 가질 수 없는 것을 알고 괜히 네게 질투하는 거야. 나는 이곳을 아기들의 천국으로 만들고 싶어. 고통이 전혀 없는 아기들의 천국……, 흐흐……." B는 감정의 굴곡을 끝없이 넘나드는 듯했다. 간혹 흐느끼기도 했고 웃기도 했으며 독기어린 목소리로 중얼거리기도 했다. 나는 그녀의 중얼거리는 소리를 들으면서 잠을 잤고 밥을 먹었다. 몸을 풀 동안은 어쩔 수 없이 이곳에 남아야했다. 말더듬이가 말한 아기인형들이 진짜 아기일지도 모른다는 의심을 했지만 그렇더라도 내가 낳은 아기를 키우고 싶지 않았다. 출산을 한 뒤 어떻게든 이곳을 빠져나가야겠다는 궁리만 했다.

여자가 갑자기 몸을 비틀면서 신음을 토해낸다. 젖가슴을 움켜쥐면서 얼굴을 찡그린다. 금세 윗도리에 묽은 젖이 스며든다. 고통스럽게 몸을 비틀던 여자가 윗도리를 걷어 올린다. 하얀 속살과 팽팽한 젖가슴과 꼿꼿하게 선 젖꼭지가 드러난다. 젖꼭지에서 유즙이 솟는다. 마른침을 삼킨다. 갈증이 뇌 속까지 파고든다. 입술이 꿈틀거리고 콧구멍이 벌렁거리고 아랫도리마저 간지럽다. 벌어진 입에서 쉰내가 난다. B처럼 한 입에 여자의 젖꼭지를 빨고 싶은 충동이 솟구친다. 순한 눈빛으로 나를 응시하던 여자가 손가락으로 자신의 젖꼭지를 가리킨다. 빨아달라는 뜻일까. 엉거주춤하며 여자 곁으로 간다. 여자가 눈을 감고 가슴을 앞으로 내민다. 여자의 젖꼭지를 입 안 가득 넣는다.

댕, 댕, 댕……. 골짜기를 가르는 조종소리가 산 속 적막을 후려치면서 점점 거세게 귓속으로 파고든다. 사납게 울부짖는 짐승의 포효 같은, 축제에 들떠 발광하며 내지르는 외침 같은 소리다. 퍼뜩 잠에서 깬다. 옆에 있어야 할 여자가 없다. 도망친 것일까. 낫을 움켜쥐고 넝쿨 밖으로 나간다. 여자가 넝쿨 앞에서 박공지붕 쪽을 바라보고 있다. 여명에 젖은 박공지붕 집은 고요하다. 여자 등에 손을 올려놓는다. 말더듬이가 했던 말을 여자에게 한다. 말더듬이처럼 되지 않기 위해서는 이곳을 벗어나야 한다고. 여자는 내 말을 믿는 것일까. 아기인형이 진짜일지도 모른다는 말은 차마 하지 못한다. 여자 아기는 어떻게 되었을까. 살았을까. 죽었을까. B가 웅얼거리는 기도소리를 들은 적이 있다. 그것은 매일 밤마다 되풀이되던, 남편에 대한 염원과 그리움을 담은 낮은 울부짖음이었다. 제단 위에 있는 B의 결혼사진을 본 적도 있었다. 웨딩드레스를 입은 B의 얼굴은 지금과 별 차이가 없었다. 턱시도를 입은 남편의 눈은 날카로운 송곳으로 도려내버려 얼굴을 알아볼 수 없었다. 결혼사진 옆에 사진 한 장이 더 있었다. 엉덩이에 시퍼런 몽고반점이 있는 아기 뒷모습 사진이었다.

여자 얼굴에 드리운 그늘이 새벽 여명에 서서히 벗겨지자 눈물 자국이 말라붙은 볼이 드러난다. 여자 손을 힘껏 쥐고 이끈다. 소나무 군락지를 벗어나 평야처럼 넓은 공간에 도착한다. 절벽과 그 위에 군림하듯 서 있는 침엽수림이 짙은 그늘을 만든다. 나는 그늘에 뒤덮인 억새밭과 쑥으로 뒤덮인 봉분을 본다. 절로 두 다리가 후들거리고 정신까지 아찔해진다. 고개를 돌려 주위를 살핀다. 휘파람 사내에게 들키지 않고 앞으로 나아갈 수 있는 길을 찾아야 한다. 휘파람 사내의 거처인 억새밭을 지나야 동굴로 갈 수 있다. 아침햇살이 억새밭의 그늘을 벗겨내기 전에, 억새무리와 봉분들이 윤곽을 드러내기 전에 빠져나가야 한다.

출산을 하고 얼마 뒤, 나는 말더듬이처럼 B의 손에 끌려 억새밭에 내팽개쳐졌다. 서쪽 하늘에 주홍빛 노을이 번지던 늦은 오후였다. 억새밭으로 끌려가지 않기 위해 안간힘을 쓰던 나를 B가 긴 팔로 후려쳤다. B의 팔은 쇳덩어리처럼 단단했고 완력 또한 대단했다. 반항하고 저항할수록 B의 팔은 더욱 날렵해졌고, 정확하게 몸통을 가격했다. 결국 나는 혼절하고 말았다. 혼몽 속에서 묵직한 발소리를 가진 모자를 깊게 눌러쓴 휘파람 사내의 실루엣을 보았고 억새가 쓰러지던 소리, B의 웃음소리를 들었다. 겨우 정신을 차린 순간, 생살을 찢는 아랫도리의 고통과 함께 거센 파도처럼 질 속으로 밀려들다 빠져나가는 이물감에 아랫입술을 깨물었다. 아니 물컹한 뭔가를 힘껏 깨물었다. 묵직한 비명소리와 함께 욕지거리, 쇠뭉치 같은 주먹이 입술을 가격했다. 이가 몇 개 빠졌는지 까칠한 것이 목구멍에 걸렸다. 정신을 놓고 말았다.

다시 눈을 떴을 때 노을이 핏빛처럼 붉게 번지는 하늘이 보였다. 지하 창고에 갇혀 있었다. 어김없이 어둠을 틈타 휘파람 사내가 드나들었다. 더 이상 임신을 할 수 없었다.

드디어 억새밭으로 들어선다. 등골이 서늘해지고 낫을 쥔 손목이 잔뜩 긴장한다. 질끈 아랫입술을 깨물고 걸음을 옮긴다. 낫으로 발목을 감는 넝쿨을 베면서 한 걸음 한 걸음 나아간다. 뒤따르는 여자 숨소리가 거칠다. 여자는 아직 이곳을 알지 못한다. 아니 알 필요도 없다. 이곳까지 따라오는 내내 잔뜩 겁먹은 얼굴로 이따금 나를 쳐다보긴 했으나 입을 열지 않았다. 아예 말을 잃어버린 것일까. 아니면 세상을 살아가는데 오히려 침묵이 좋다는 것을 진즉 알아버린 것일까. 여자아이가 그때, 한 명이 아니라 열 명도 더 되는 남자들한테 성폭행을 당했다고, 보모가 그 사실을 말하지 말라고 협박했다고, 그렇게 반항했다면, 그 상황이 나아졌을까. 아니면 내게라도 털어놓았다면 나는 여자아이를 위해 남자들과 보모를 고발했을까. 내 삶도 여자와 마찬가지였다. 사회생활을 하면서 누군가에게 비난을 받을까봐 침묵했고 침묵했어도 이유 없이 손해를 보면 내 태생이 그렇기 때문에 감수해야할 몫이라고 자책했다. 보모가 늘 우리에게 주입시켰던 것들……. 너희들은 버림받은 존재들이야, 버림받은 존재들은 어디를 가나 버림받은 존재일 뿐이야, 괜한 일에 애쓸 필요 없어, 무슨 일이 생기면 그러면 그러려니 하고 참고 살아, 그럼 굶어 죽지는 않을 거야……. 보모 말이 맞을 지도 모른다. 침묵하나 반항하나 결과는 똑같을 것이다. 하지만 태어나서 온전히 나를 위해 반항 한번 못해 본다면 어느 누가 나를 위하려고 할까. 여자가 자신을 위해 그때 조금이라도 반항했다면, 행동으로 옮겼다면 자존심만은 건지지 않았을까…….

여자가 뒤따라오는 기척이 없다. 뒤돌아본다. 몇 걸음 뒤처진 여자가 꼼짝 않고 서 있다. 공포에 질린 얼굴로 억새밭을 바라보고 있다. 다가가 여자 손을 잡아끈다. 여자가 완강하게 버틴다. 내 손을 뿌리치고 달아날 기세다. 가까운 곳에서 낮고 날카로운 휘파람소리가 난다. 커다란 그림자가 길게 드리워진다. 여자를 그냥 둔 채 억새밭으로 몸을 숨긴다. 발소리가 묵직하게 땅을 울린다. 성큼성큼 다가오는 발소리가 바로 앞에서 멈춘다. 휘파람 소리가 뚝 끊기고 이어서 오줌 떨어지는 소리가 난다. 슬며시 고개를 들어 머리 위, 억새밭에 길게 서 있는 휘파람 사내를 본다. 낫을 쥔 두 손이 떨린다. 다시 휘파람 소리가 나면서 그림자가 여자 쪽으로 움직인다. 이때다 싶어, 낫을 힘껏 쳐든다. 사내의 중앙에 날을 꽂는다. 사내가 꼬꾸라진다. 붉은 피가 솟구친다. 피가 솟는 곳을 향해 정신없이 날을 박는다. 한동안 꿈틀거리던 사내가 늘어진다. 사내가 쓰고 있던 모자를 벗긴다. 그의 얼굴은 얽은 자국으로 가득하고 입술 한쪽이 심하게 일그러져 있다. 불현듯 엉덩이에 몽골 반점이 나 있는 B의 아기 뒷모습 사진이 떠오른다. 모자를 집어 사내 얼굴을 덮어준다. 낫날에 묻은 피를 치마로 닦는다. 어둠 가득한 억새밭이 한없이 출렁거리고 박공지붕 집은 완전히 윤곽을 드러낸다. 한순간 눈앞이 캄캄해진다. 눈을 크게 떠봐도 아무것도 보이지 않는다. 사방이 어둡고 조용하다. 여자가 내 손을 힘껏 움켜쥔다.

아침 해가 떠오른다. 햇빛의 온기가 동굴 입구까지 번진다. 실눈을 뜬 채 동굴 안쪽으로 향한다. 걸음을 디딜 때마다 모래가 발바닥에 들러붙는다. 갈매기 소리를 들은 것도 같다. 그 소리를 등대삼아 여자를 이끈다. 거의 다 왔는지 발바닥에 모래가 들러붙지 않는다. 하지만 코가 떨어져나갈 정도로 악취가 심하다. 크게 숨을 몰아쉬고 호흡을 멈춘다. 눈이 씀벅거리고 사방이 흐릿하다. 서서히 숨을 내뱉고는 다시 벽을 짚고 걸음을 뗀다. 머리 위로 한 줄기 광선이 내리 꽂힌다. 출구가 있다는 생각에 가슴이 뛴다. 발바닥에 딱딱한 것이 밟힌다. 단단하지만 감촉이 매끈하다. 큰 돌덩이만한 것도 발끝에 차인다. 물컹한 이물질을 밟았다고 생각한 순간, 썩은 내가 코를 찌른다. 손가락으로 코를 틀어막는다. 입으로 숨을 몰아쉬며 눈을 크게 뜬다. 또 다른 빛이, 반대편 머리 위에서 동굴 벽으로 떨어진다. 빛을 좌표삼아 몸을 왼쪽으로 튼다. 벽처럼 단단한 뭔가가 온몸에 부딪친다. 벽이 아니다. 바위다. 바위가 동굴 출구를 막고 있다. 그럼, 끝까지 왔다는 것인가. 혹시 벌어진 틈이 있지 않을까 싶어 세심하게 더듬는다. 통로를 막고 있는 것은 크고 높은 바위다. 표면이 울퉁불퉁 튀어나왔지만 패인 홈 하나 없다. 낫을 입에 물고 기어올라본다. 한 발 한 발 간신히 디뎌 빛이 들어오는 구멍에 눈을 댄다. 구멍 속으로 보이는 세상은 바닷가도 다른 세상도 아니다. 막힌 출구는 박공지붕 집 바로 아래다. 햇빛이라고 생각했던 것은 푸른 감시등이다. 갈매기 울음소리처럼 들렸던 것은 동굴로 들어온 바람이 미처 빠져나가지 못해 내는 소리다. 두 팔에 힘이 빠지면서 바닥에 털썩 주저앉아버린다. 이제 막 집중해서 동굴 속을 비추던 푸른 빛줄기가 어둠을 한 꺼풀 걷어낸다. 머리카락이 헝클어지고 보자기처럼 빨간 치마를 두른 깡마른 시체들이 드러난다. 겁에 질려 비명조차 지르지 못한 여자가 나를 쳐다본다. 눈물이 하염없이 볼을 타고 흘러내린다. 손등으로 눈물을 훔치다 멈칫 한다. 어느 사이 가까이 다가온 여자가 내 어깨를 감싸고 있다.

블랙미러

아파트 근처는 스산하다. 산책로 너머 저수지에서 밤마다 황소개구리가 낮은 울음을 뱉어내고 바람 한 점 없는 날에는 안개가 자욱하게 끼어 시야를 가리기 일쑤다. 인적이 드물고 공사가 한창이다. 후문 쪽도 '3월 중 빌딩 건축 예정, 경작금지'라는 푯말이 꽂혀 있다가 뽑히고 일주일 전부터 굴착기가 밭을 헤집고 지반을 다지는 중이다. 움푹 파인 밭은 전날 내린 빗물이 고여 있고 그 한가운데에는 백 년은 묵었음직한 버드나무가, 그 아래에는 제각이 위태롭게 서 있다.

제각 나무 기둥은 쓰러질듯 기울어져 있다. 지붕으로 얹어놓은 기왓장은 대부분 깨졌다. 깨진 기왓장을 넝쿨이 야무지게 붙들고 있어서 그나마 쏟아지지 않은 듯했다. 사방 벽은 조각조각 꿰맨 헝겊처럼 여러 개의 나무판자들을 덧대놓았다. 경비실에 근무하는 아저씨는 그곳을, 제각이 아니라 공사용 목재나 농기구 등을 보관하는 창고라고 했지만 나는 그렇게 생각하지 않았다. 그곳을 지나칠 때마다 감지되는 음습한 기운 때문이었다. 괴이하게 흰 버드나무가지가 하늘거리면서 기왓장을 스칠 때면 머리카락 긴 여자의 차갑고 날카로운 손톱이 내 등을 훑어내리는 듯했고 밤안개가 제각 주위를 감쌀 때는 흡사 그 안에 요괴가 앉아서 메기처럼 큰 입을 벌리고 입김을 뿜어내는 것만 같았다. 무엇보다 산과 가까운 생태 아파트라는 광고 이면에 공동묘지를 밀어서 아파트를 지었다는 소문이 창고가 아니라 제각이라는 믿음에 확신을 주었다.

　K는 한적한 그곳을 좋아했다. 차안에서 버드나무를 바라보며 이야기를 했고 차가운 내 몸을 안아주었다. 나는 사랑을 나누는 중에도 제각에서 누군가 훔쳐보는 시선을 느껴 등이 따끔거렸지만 K에게 말하지 않았다. 괜한 경계심을 갖게 해서 방해받고 싶지 않았다. 하지만 어제, 술 취한 그가 했던 말은 뜻밖이었다. 나, 저런 곳에서 너랑 살고 싶어. 그의 눈은 룸미러 그늘에 가려 있어 감고 있는지 떴는지 알 수 없

었지만 손가락은 정확히 버드나무 밑, 제각을 가리키고 있었다.

나는 그곳을 향해 뛰어갔다.

달빛이 사람의 정수리 같은 옹이진 버드나무 둥치를 비췄다. 바람 한 점 불지 않아 가지들은 기왓장 위로 축 늘어졌다. 안개 깔린 황토밭은 질척거렸다. 호수 한가운데 떠 있는 배로 허우적거리며 헤엄쳐 가는데 물귀신이 발을 한없이 끌어당기는 기분이었다. 그곳은 달릴수록 멀어졌다.

간신히 도착해서 문을 잡아당겼지만 열리지 않았다. 자물쇠가 걸려 있었다. 손잡이 위, 나무로 대놓은 창살 사이로 안을 들여다봤다. 맞은편 벽에 나 있는 봉창에서 달빛이 흘러 들어왔다. 농도가 다른 어둠이 실루엣을 만들며 하늘거렸다. 창살을 주먹으로 치자 부서졌다. 팔목에 힘을 주고 윗몸을 들어올려 들어가보려 했다. 무리였다. 팔을 넣어 휘저어보았다. 바로 문 옆에 걸려 있는 뭔가가 손끝에 닿았다.

내가 전리품처럼 제각에서 거울을 들고 왔을 때 차와 K는 온데간데없이 사라져버렸다. 휑한 공사현장 입구에 나만 홀로 서 있었다.

집에서 찬찬히 훑어본 거울은 제각에 걸어놓기에 아까운 물건처럼 보였다. 30센티미터 길이 타원형에

유리 주변에는 나팔을 부는 발가벗은 아기 천사 모형
이 양쪽으로 달려 있고 직접 손으로 조각한 것 같은
만발한 장미꽃들이 빈 테두리를 장식하고 있었다. 선
팅 진한 차창처럼 거울은 내 형체만 간신히 반사시켰
다. 보면 볼수록 검은 우물이 되어 나를 끌어당기는
것 같았다. 술 취한 나는 거울을 버리지도 그렇다고
되돌려놓지도 못하고 침대 모서리에 비스듬히 세워
둔 채 잠이 들었다.

* * *

　눈을 번쩍 뜬다. 웃지도 화를 내지도 않는 멍하고
텅 빈, 아마 꿈과 현실의 경계가 있다면 이런 느낌일
까 싶은 눈빛이 나를 내려다보고 있다. 나의 아들 유.
나는 유의 무릎을 베개 삼아 잠을 잤던 모양이다. 그
렇지 않으면 내가 소파에 쓰러지듯 잠이 든 다음, 유
가 내 머리를 그의 무릎 위에 올려놓았을지도 모른
다. 유가 부드러운 손길로 내 이마를 쓰다듬다가 왼
손 검지로 머리카락을 돌돌 말아 아래로 훑어 내린
다. 다른 손 검지로 소파 팔걸이를 톡톡, 치면서 자기
만의 리듬을 타고 있다.
　더 이상 머리카락을 만지지 말라는 뜻으로 유의

손길을 뿌리친다. 나는 소파에 양 손바닥을 대고 일어나려 한다. 손목에 힘이 없어 바닥으로 굴러 떨어진다. 나무 창살을 쳤던 게 무리였을까. 취기가 머리를 조여 온다. 목덜미까지 철수세미가 뭉쳐 있는 것처럼 뻐근하다. 거실 어느 한구석에 유가 싸질러 놨을 똥 덩어리에서 풍기는 악취가 아까부터 내 신경을 자극하고 있다. 유는 요사이 부쩍 폭력적으로 변했고 아무 곳에나 대소변을 봤다. 유의 돌발 상황을 경계해야하고 만약을 위해서 수면제가 몇 알이나 남아 있는지 확인해야 한다.

나는 숨을 몰아쉬고는 입가에 흘러내린 침을 닦는다. 유는 조용히 일어나더니 말려 올라간 윗옷을 반듯하게 내리고는 다시 앉아서 오른손 검지로 소파 등걸을 톡톡, 친다. 개구리처럼 몸을 뒤집어 하얀 배를 드러내놓고 유를 올려다본다.

"유, 배고프니?"

톡톡.

"엄마랑 샌드위치 만들어서 먹을까?"

톡톡.

간신히 일어나서 주방으로 향한다. 양 손목이 시큰거리고 힘을 주기가 무섭게 아려온다. 제때 식사하는 유를 위해 서둘러야한다. 허기가 지면 금세 짜증을 내고 사나워질 것이다. 주방으로 가면서 어디 파스라도 남은 게 있나, 머릿속으로 찾아본다. 유가 비명을 내지른다. 양귀를 틀어막은 유가 나를 흘겨보고 있다. 거실과 주방을 번갈아 보다가 주방 뒤로 서둘러 간다. 베란다 문이 열려 있다. 열린 문에서 전기드릴 같은, 참아낼 수 없는 소음이 비집고 들어온다. 오늘 제각을 허문다고 했지, 그런데 누가 창문을 열어놓았을까……. 베란다 유리문에 덧댄 방범창살은 10센티미터나 되는 쇠파이프로 아이 손도 밀어 넣을 수 없을 정도로 촘촘하게 박혀 있다. 경보장치까지 설치되어 있어 외부사람이 침입했다면 귀청이 떨어져나갈 정도로 경보음이 울렸을 것이다.

유는 소리를 낼 수 없지만 밖에서 들려오는 소리에 민감하게 반응했다. 유를 위해 큰 도로변이 아니라 한적한 아파트 단지를 알아봤고 이사 오기 전에 밖으로 향하는 문이란 문은 이중으로 설치했으며 두꺼운 커튼까지 쳤다. 일주일에 한 번씩 오는 청소 도우미를 보면 유가 놀랠 것을 대비해 아파트를 둘로 나눠서 실내 공간을 똑같이 꾸몄다. 한곳을 청소하면 다른 공간에 머물도록 했다. 그렇게 해서 유가 낯선 사람을 볼 때마다 일으키는 경기를 예방했다. 유의 소통 통로는 유일하게 나였기에 나는 그를 나의 유령이라고 간혹 불렀다. 나의 유령은 나만 봐야했기에 다른 사람이 유를 보는 것을 원치 않았다.

베란다 유리문을 닫는다. 밤사이 유가 별다른 반응을 하지 않은 것을 보면 창문은 아침에 열린 게 분명하다. 청소 도우미가 오는 날도 아니다. 그렇다면 술 취한 내가 몽유병 환자처럼 창문을 열었던 것일까……

샌드위치와 함께 우유를 가득 부어주고 유의 귀에 헤드셋을 걸어준다. 유는 유키 구라모토 피아노 연주를 좋아했고 그 음악을 듣고 있으면 바깥 소음에 어느 정도 유순해졌다. 유가 식탁에서 아침 식사를 하는 것을 보고 K에게 전화를 한다. 전날 온데간데없이 사라진 것이 궁금할 뿐만 아니라 오늘, '천상의 이야기꾼' 마지막 모임에 같이 가기로 약속했다. 3개월 전, 정보지에 실린 천상의 이야기꾼 모집광고를 봤을 때 집안에만 있는 유에게 세상 돌아가는 이야기를 해줄 수 있을 것 같았다. 그곳에서 K를 만났다.

전화 신호음이 간다. 신호음은 가는데 벨소리는 집안에서 난다. 벨소리가 컸는지 우유를 마시던 유가 나를 본다. 흐릿한 눈에 핏발이 선다. 유가 곧 감정이 급변하게 될 거라는 것을 알면서도 전화를 끊을 수 없다. 소리가 어디서 나는지 알아야 한다. 거실을 한 바퀴 돌고 현관 쪽으로 걸어간다. 현관 바로 옆에 있는 침실 문을 열려고 할 때 1분 20초가 다 됐는지 전화벨이 끊긴다. 다시 재다이얼을 누른다. 어느 사이 헤드셋을 뺀 유가 전화벨 소리에 흥분해서 나를 밀친다. 몸이 방문에 부딪치면서 침대 발치로 쓰러진다. 슬리퍼가 벗겨지고 미처 닫히지 않은 문이 오른 발목을 치고 반사적으로 활짝 열렸다가 다시 닫히면서 한 번 더 친다. 발목을 움켜쥔다. 본능적으로 거울 쪽을 본다. 검은 유리가 잔잔한 파문을 만들면서 전화벨 소리를 흉내 내는 것 같다. 술이 덜 깬 거야. 눈을 비빈 뒤, 성한 발바닥과 양팔꿈치에 힘을 주고 일어서려 한다. 유가 성한 발목을 밟아버린다. 방바닥으로 고꾸라진다. 아파하는 나를 아랑곳하지 않은 유가 옆에 앉더니 내 이마를 지그시 누른다. 나는 꿈쩍하지 않는다.

열두 살. 정신은 자라지 못했지만 육체는 정상아보다 성장이 빨라 이 년 전부터 몽정을 하고 턱 밑에 수염도 났다. 이제 저 아이의 완력을 이겨낼 수 없다. 다른 방법을 써서 힘을 분산시켜야 한다. 내가 할 수 있는 일이란 고작 수면제를 먹여 잠재우는 것밖에 없다.

일어나려고 힘을 주었던 윗몸을 풀고 저항하기 보다는 항복의 뜻으로 숨소리를 죽이며 눈을 감는다. 이마를 눌렀던 유도 손을 치우더니 어김없이 왼손 검지로 내 머리카락을 돌돌 만다. 톡톡. 오른손 검지로 바닥을 친다. 톡톡. 휴대폰은 현관 쪽으로 튕겨져 나갔다. 움직여서 휴대폰을 쥐지 않은 이상 구조신호를 보낼 수 없을 것이다. 시간이 지나면 흥분이 가신 유가 유순해질지도 모른다. 조금만 더 누워 있자. 검은 우물 같은 거울 쪽으로 고개를 돌린다.

*

"단백질로 되어 있는 머리카락은 사람이 죽어도 몸 속 영양분이 남아 있으면 계속해서 자란다고 하더군요."

K가 이마를 훔치며 내게 종이컵에 담긴 커피를 내밀었다. 나는 K의 하얗고 동그스름한 얼굴과 안경 너머로 깜박거리는 눈을 마냥 바라보았다.

K는 모든 것이 동그스름했다. 넓은 앞이마와 통통한 볼이 전체적으로 얼굴 형태를 동그랗게 보이게 했고 적당히 나온 아랫배와 엉덩이도 습관적으로 입술에 갖다 대면서 웃는 손등조차 동그스름했다. 무엇보다 그의 말투가 동그스름하다는 인상을 받았는데 아마 느린 어투와 부드러운 음성 때문일 것이다. 그래서 그가 하는 말이 이상했지만 그리 신경 쓰지 않고 연신 이마로 흘러내리는 머리카락을 손가락으로 넘

겼다. 유 때문에 쉽사리 자르지 못한 머리카락이 엉덩이 즈음에서 찰랑거렸다. 그것이 사람들의 시선을 끈다는 것을 알았다. K도 내 머리카락 때문에 내게 말을 걸었을 것이다.

K가 건넨 커피를 한 모금 마시면서 그의 말에 대꾸하지 않았다. 침묵하고 있는 내게 K는 어디 사냐고 물었다. 간신히 한적동, 이라고 말하자 자신도 그곳에 산다며 혹시 차를 가지고 오지 않았으면 같은 방향이니 함께 가자고 했다. 나는 혼자 남은 유가 텅 빈 공간에서 무얼 하고 있을까, 라는 생각에 어서 집으로 가고 싶었다. K가 마음을 바꿀지 모른다는 조급함에 재빨리 그의 차에 올라탔다.

K의 차 룸미러에는 묵주가 길게 늘어져 있었고 그 아래에는 활짝 웃고 있는 여섯 명의 아이들 얼굴 사진이 걸려 있었다. 내 시선은 자꾸 아이들 쪽으로 향했다. 그것을 의식한 K가 술술 말을 풀었다. 그는 일곱 명의 아이를 낳는 것이 꿈이었다고 했다. 분명히 '꿈이었다'라는 과거형을 사용했다. 그래서 상처를 당한 것이 아닐까, 라는 의문을 만들어보다가 곧 둥그스름한 그의 목소리가 나를 편하게 해서 쓸데없는 생각이라고 치부했다. 그는 계속해서 말을 이어갔다. 첫째는 월이, 둘째는 화이……, 여섯째는 토이인데,

일곱째인 일이가 없다고 했다. 독실한 천주교 신자인 그는 일요일이 안식일이라 아이를 점지해주지 않은 건지도 모르겠다며 밝게 웃어 보였다. 나는 아이들 이름을 월별로 지을 수 있고 행성 이름대로 지을 수 있었는데 요일로 지어서 일곱까지만 낳으면 끝이니 다행이다 싶었다. 웃음이 절로 터졌다. 둥그스름한 그의 입술은 한시도 쉬지 않고 움직였다.

그는 여섯 명의 아이들이 모두 건강하고 공부를 잘한다고 했다. 그리고 이야기 말미에는 꼭, 신에 대한 찬사 혹은 감사를 덧붙였다. 나는 소파에 앉아 검지를 탁탁, 거리거나 휑한 거실에 서서 고개를 까닥까닥하며 내면 속의 리듬에 맞춰 춤을 추고 있을 유를 떠올렸다. 어서 집에 도착했으면 싶었다. 그러면서 내내 K의 일곱 번째 아이에 대해 생각했다. 일요일이라는 이름을 갖게 될 아이. 안식일을 뜻하는 그 아이를 굳이 그의 아내가 아니라 내가 잉태해도 신이 용서하지 않을까. 누군가에게는 건강한 아이를 넘치도록 주면서 간절히 바라는 사람에게는 그렇지 않은 불공평함은 어디에서 연유할까. 내가 낳고 싶은 아이는 많은 조건이 필요하지 않았다. 자신의 의지대로 제대로 목소리를 낼 수 있으면 족했다.

오래전에 포기했던 잉태의 욕심이 K의 옆얼굴과

그의 아이들 사진을 번갈아 보자 샘솟았다. 욕심이
너무 치솟을까봐 가슴을 가만히 손바닥으로 눌렀다.
그래도 여전히 K의 운전석 앞에 붙어 있는, 아이들
사진에서 눈을 뗄 수 없었고 부재한 아이가 뱃속에서
자라기라도 한 것처럼 꿈틀거리는 기운을 강하게 감
지했다. 그 여운이 유가 나를 애타게 기다릴 거라는
것을 알면서도 K를 좀 더 붙잡게 했다.

　　그날 유는 처음으로 화장실이 아닌 베란다 한쪽
구석, 러닝머신 발판 위에 볼일을 보았다. 그 아래에
달팽이처럼 등을 말고 고개를 처박은 채 앞으로 내민
양손을 덜덜 떨었다. 엉덩이 밑으로 나온 두 발만은
톡톡, 리듬을 만들어 내고 있었다. 나는 유의 동그란
등을 안으며 유에게 필요한 것은 혼자서 시간을 견디
는 힘이라고, 그가 그렇게 하지 못한다면 잠을 재우
는 방법밖에 없다고 생각했다.

*

　　유가 내 머리카락을 만지면서 바닥을 톡톡, 두드
린다. 몽롱한 시선이 내게 머문다. 내 목소리를 좋아
하고 내가 하는 이야기를 좋아하는 유를 위해 뭐든
말을 하기로 한다.

나는 유에게 아름다운 책 내용과 경험들을 끊임없이 들려주었다. 유는 들으면 들을수록 갈증을 느끼는 듯했다. 새로운 이야기를 자꾸 들려달라는 신호를 톡톡, 보냈다. 이미 오래전에 이야기 밑천이 바닥났다. 임시방편으로 반복된 스토리를 구성만 바꿔서 들려줬다. 아무것도 알지 못할 거라는 편견과 달리 그는 같은 이야기를 반복하면 내 머리카락을 잡아당기는 손가락에 힘을 줬다. 머리카락이 뽑혀나갈 듯 아팠다. 유가 점점 두려워졌다.

　나는 헛기침을 한다. 유에게 한 번도 하지 않았던 이야기를 하기 위해 조심스럽게 입을 연다. 세상이 결코 아름답지 않고 아름다운 사람들만 있는 것이 아니라는 사실을 그도 알아야한다. 진즉부터 유에게 해줬어야 옳았는지도 모른다.

　"네가 혼자만의 세계에 갇혀있다고 알게 된 것은 돌이 지나서였어. 다른 아이들보다 일찍 걸었지만 말을 하지 않았고 내가 불러도 모른 척 했지……."

　유의 표정을 유심히 훔쳐본다. 유는 무표정하게 톡톡, 바닥을 두드리고 톡톡, 내 머리카락을 감아 내리면서 톡톡, 그의 시선을 내가 아닌 거울로 돌린다. 그의 텅 빈 눈에 섬광 같은 빛이 순간, 발하는 것을 본 것도 같다.

11년 전 유를 임신했을 때 외국으로 출장 갔던 남편이 비행기 사고로 죽었다. 왼쪽 머리가 함몰된 채 남편은 냉동관에 실려서 돌아왔다. 장례식장 직원은 움푹 파인 그곳에 솜을 잔뜩 넣고 두건으로 감쌌다. 친족들은 임신 팔 개월인 내게 사체를 보지 말라고 했지만 나는 남편 얼굴을 볼, 마지막 기회를 놓치고 싶지 않았다. 기형인 머리를 정상처럼 만들고 염을 하고 입관하는 모습을 다 봤을 때 뱃속 아기가 발길질을 했다. 속이 울렁거렸다. 관을 보관해놓은 창고 옆으로 가서 구역질을 했다. 속에 것을 다 비운 나는 또 뭔가가 치밀어 오를까봐 고개를 들었다. 창고 문 위에 달려 있는 오목거울이 나를 내려다보고 있었다. 얇은 종이를 둥글게 만 것처럼 임신한 여자의 길쭉하게 휜 얼굴이 나를 보면서 물었다. 죽일 거지? 대답할 수가 없었다. 뱃속 아이가 요란하게 발길질을 해대 웅크려 앉아야 했다. 사타구니에서 피가 흘러내렸다.

　남편이 땅속으로 들어간 날, 나는 핏덩어리를 쏟았다. 인큐베이터 안에 들어간 핏덩어리는 힘차게 심박동을 울렸다. 하지만 내가 불러도 뒤돌아보지 않았고 엄마, 라는 옹알이도 없었다. 병원으로 갔다. 유를 진찰하던 의사가 아이 정서를 위해서 동생을 낳는 게 어떻겠냐고 물었다. 내 사정을 알 리 없는 의사 눈을 똑바로 쏘아보며 물었다.

"그럼 선생님이 '씨'를 주실래요?"

의사의 겁먹은 눈을 바라보며 입을 비죽거렸다.

더 이상 병원에 가지 않았다. 자신이 있었다. 사랑으로 보듬어주면 혼자만의 세계에서 나올 거라고 확신했다. 그 사랑이, 그러니깐 내가 유에게 주는 사랑이 죄책감의 발로라는 사실을 굳이 부인하지 않았다. 거액의 사망보험금과 보상금을 받을 사람은 법적 상속인인 사망자의 아내인 나였다. 핏줄을 매정하게 끊어버린다면 남편 친족들에게 한 푼도 줄 생각이 없는 내가 변명할 명분을 만들어 낼 수 없었다. 뱃속 아이가 아빠의 일그러진 얼굴을 보고 스스로 목숨을 놓아버릴 정도로 충격을 받았으면 싶었다. 그 당시 나와 한 몸이었던 유가 나의 무의식까지 세세하게 훑으면서 내 계획을 알아챘을 것이다. 그랬기에 살기 위해 혼자, 그렇게 발버둥치며 기어코, 팔 개월 만에 세상으로 탈출을 감행했을 것이다. 지금 유가 혼자만의 세계에 갇힌 것은, 어쩌면 더 이상 상처받지 않겠다는, 자신만의 보호 장치 내지는 내게 복수하고자 하는 그만의 계획일지도 모른다.

지금, 오래전 의사의 말처럼 유의 동생을 낳는다면 그가 정서적으로 안정될 거라는 말을 믿지 않는다. 이미 십 년이 지나버렸다. 내가 꼭 그와 다른 아이를 낳고 싶은 욕망은 따로 있다. 그동안 유에게 쏟았던 열정을 정상적인 아이한테 보상받고 싶은 심리다. K에게 핑곗거리를 만들어서 전화를 했다.

*

K는 내가 눈에 띄었다고 했다. 머리카락 때문이 아니고 순전히 스타킹 때문이었다. 검정 벨벳 외투와 검정 바지를 입고 갔는데 검정 바지 길이는 종아리 중간 즈음에서 끝났다. 검정 힐에 빨간 스타킹을 신고 있어서 잠시도 시선을 뗄 수 없었다고 했다. 오래 시선을 두다보니 발꿈치에서부터 수직으로 뻗은, 올이 풀린 스타킹을 발견하게 되었다. 양쪽 다 같은 위치와 방향으로 올이 풀려 있어서 그것이 처음부터 그런 것인지 아니면 정말 올이 풀린 것인지 자꾸만 그쪽으로 시선이 갔다고 했다. 내가 얼굴을 붉히자 그는 당신은 평범한 사람과 달리, 어디로 튈지 모르는 열정이 가득한 사람 같으니, 금방 독특한 이야기가 터질 거라고 했다. 나는 올이 풀린 빨간 스타킹이 독특한 열정을 대변한다고 생각하지 않았지만 K를 안을 때마다 뱃속에 허기가 져서 그를 몸속 깊이 빨아들여야 했다. 그

84

는 내 속으로 빨려드는 것을 두려하는지 쉴 사이 없이 자신의 존재감을 이야기로 드러냈다.

해와 달과 꽃들과 천사……. 그는 아름다운 존재들을 끊임없이 찬양했다. 나는 그의 둥그스름한 말투와 둥그스름한 이야기를 들으면서 둥그스름한 형상을 집까지 가지고 갈 수 있을지 불안해했다. 내게 온 둥그스름한 이야기들은 마음에 와 닿지 않았다. 그것은 K와 달리 각진 형상을 한 내 몸 때문이었다. 바늘처럼 곧은 생머리도 그랬고 날카롭게 솟은 광대뼈도 점점 살이 빠져 삼각형의 각처럼 변해가는 허리라인과 가슴선도, 가느다랗게 뻗은 다리는 거의 동정심을 자아낼 정도로 일자였다. 나의 날카로운 몸 어느 한 곳이 그의 둥그스름한 형상을 터트려버릴 것 같았다.

싸라기눈이 스산하게 날리던 날, 나는 처음으로 이야기를 했다. 서늘한 모텔 안에서 K의 둥그스름한 허벅지가 마른 일자 허벅지를 누를 때 적당한 무게감이 편안해서일까. 그곳은 늦가을만 존재하는 호숫가였다. 하늘색 궁전 같은 별장 주위에는 마른 나뭇가지와 낙엽이 바람이 부는 방향에 따라 몰려갔다가 되돌아오며 휘파람 소리를 냈다. 한 아이가 낮잠을 잔 뒤 일어났다. 여기까지 이야기했을 때 K가 그 아이 이름은 없어? 라는 질문에 곧바로 '미' 라는 이름을 붙여주었다. 미가 눈을 뜨고 창밖을 봤을 때 큰 번데기가 대롱거리고 있는 것을 봤다. 뭔가 싶어 봤더니 미의 아빠가 이층 발코니에 줄을 달아 목을 매단 모습이었다. 엄마를 부르기 위해 이층으로 달려갔다. 이층 거실에는 한쪽으로 쓰러져 있는, 미의 엄마가 혁대로 목이 졸린 채 누워 있었다. 미는 어지럽게 물건이 널려 있는 안방으로 고개를 돌렸다. 시선이 머문 곳은 옷장 문에 부착된 거울이었다. 하필 금이 간 그 속에 얼굴이 깨진 한 아이가 미를 노려보고 있었다.

이야기를 듣고 있던 K가 내 허벅지에 올렸던 그의 허벅지에 힘을 뺐다. 허전했다. 마음에 안 들어? 자연스럽게 말을 낮춘 나는 눈치를 살피면서 물었다. 입을 다물고 있던 그가 심각하게 물었다. 아름다운 상황이 한 군데도 없잖아. 별장 주변에는 왜 가을이면 흔하디흔한 국화 한 송이 없는 거지? 그리고 자살은 안 돼, 천국에 못 가잖아……. 그가 점점 차가워지는 내 몸을 그의 체온으로 녹여주면서 내 속으로 들어왔을 때도 청소년이 된 미가 주말이나 방학 때마다 별장으로 친구들을 데리고 가서 놀았던 장면을 떠올렸다. 급기야는 공포를 없애기 위해 미의 죽은 엄마가 누워 있던, 정확히 기억하고 있는 스프레이 라인대로 누워 보기도 했다. 아야, 이곳에 이렇게 사체가 누워 있었는데 니네들 무섭지 않니? 미는 자신을 둘러보는 친구들을 보면서 호기롭게 말했다. 사체가 자신의 엄마라고 덧붙이지 않았다. 미는 별장과 다른 먼 도시의 기숙사가 있는 학교에 다녔다. 미의 과거를 아는 친구들은 없었다. 친구들은 농담이라고 받아들였기에 까르르 웃어댔다. 자기들도 해본다며 미를 따라 차례대로 누웠고 허연 흰자위까지 드러내며 장난을 쳤다. 미는 안방에는 들어가지 않았다. 장롱에 부착된, 여전히 깨진 거울 속에서 얼굴이 갈가리 찢긴 아이가 자신을 노려볼 것만 같았다.

나는 오래전에 할머니한테 들었던 이야기를 떠올렸다. 거울 공주라는 별명이 붙은 어린 내게 들려주던 거였다.

"아야, 한밤중에 거울을 들여다보면 안 된단다. 거울 안에는 다른 세상이 있어서 밤중에 그곳을 들여다보면 그 속에 살던 사람들도 너를 똑같이 들여다볼 거야. 특히 거울을 깨면 그 사람들의 혼이 기어 나와 네 영혼에 달라붙을 수도 있단다."

거울 안에 사는 사람들의 영혼이 자신에게 달라붙었다고 생각한 미의 불행에 대해서밖에 이야기 할 수 없는 나는 그 뒤로 입을 닫았다. 나와 달리 K는 겨울 내내 읊었던 신과 자연의 찬양을 마무리하고 인간에 대해 이야기를 했다. 인간은 신의 형상대로 만든 유일한 존재라 인간만이 아름다운 영혼을 가졌다고 했다. 잠깐 나는 영혼이 없는 인간을 떠올렸고 혹시 유가 영혼이 없는 게 아닌가, 라는 생각에 윗니로 아랫입술을 눌렀다. 유의 행동들을 나열하면 K가, '너의 아들'은 영혼이 없는 짐승과 다를 바 없고, 영혼이 없는 아이를 낳은 '너' 또한 마찬가지라고 말할 것 같아 두려웠다. 나는 얼른 유에 대해 이야기했다. 나의 아들은 유키 구라모토 음악을 매우 좋아해서 시간이 날 때마다 연주를 한다, 한 번 들은 음은 잊어먹지 않는 절대음감을 가졌다……. K는 신중하게 듣고 있다가 분명 그 아이는 커서 피아노 연주로 세상을 향해 할 말은 다 할 거라며 부러워했다.

K가 연이어, 아름다운 인간이라는 테마 아래 그의 부모, 아내, 아이들과 직장 동료들의 미담을 들려주었다. 얼결에 나도 삼대와 한 집에 살고 아름다운 시부모, 남편, 아들에 대해 맞장구치듯 맞받았다. 하지만 내가 거짓말을 하면 할수록 뱃속이 텅 비어, 그 속으로 자꾸 꿈틀대는 뭔가가 기어들어왔다. 그것은 영혼이 있는 아이를 낳고 싶은 간절함이었다.

*

    내 머리카락을 돌돌 말던 유의 손길에 힘이 빠지고 톡톡, 소리는 토오오, 토오……, 하면서 느려졌다가 끊긴다. 유가 졸고 있다. 나는 이마에 올려놓은 유의 손을 방바닥에 내려놓는다. 우선 휴대폰을 집어서 K나 119에 전화를 할까, 수면제를 가지고 와서 곧 깨어날 유를 잠재울까. 양팔에 잔뜩 힘을 주고 현관 쪽으로 기어간다. 양 발목이 시큰거려 제대로 설 수 없다. 손목도 아릿하다. 헝클어진 머리카락이 바닥에 쓸리면서 팔 밑으로 낀다. 자주 멈추고 멈출 때마다 뒤돌아본다. 실은 유가 깨어나는 것보다 이번에도 K가 전화를 받지 않으면 어떻게 할까, 라는 걱정이 앞선다. 내가 그에게 전화하는 횟수보다 그가 내게 전화하는 경우가 많았다. 내가 싫어진 걸까. 그런 조짐은 충분했다. 삼 개월 동안 만나오면서 K의 둥그스름한 형상은 각을 드러냈다. 흰머리가 많아지고 머리카락이 빠진 그의 이마는 불거졌다. 그 한가운데로 주름이 일직선으로 길을 냈다. 광대뼈는 도드라졌고 볼록하던 아랫배는 꺼졌다. 말소리는 힘이 빠져 자주 끊겼고 한숨을 습관처럼 내쉬었다. 그는 뭔가에 쫓기는 사람처럼, 혹은 시간이 오늘 하루만 주어진 것처럼, 다음날의 기운을 저장하지 않고 내 몸 속에 모든 것을 쏟아놓으려 했다. 그렇다고 내가 K의 첫 인상처럼 둥그스름해진 것은 아니었다. 내 모습은 처음과 다를 바 없었다. 그래도 그를 만나기 전보다는 차가운 손발에 온기가 돌았고 냉했던 아랫배에 따스한 기운이 스몄다. 그것은 K를 만날 때마다 그가 내 아랫배에 손을 갖다 대주고 손을 잡아줘서 가능했다. 하지만 짧은 순간 합일했다가도 돌아서서 각자의 삶을 영위할 때면 그가 애써 옮겨준 체온이 금세 식어버렸다. K가 집으로 돌아가면 건강한 아이들에 둘러싸여 둥그스름한 미소를 지을 거라고, 그를 거울삼아 내 현실을 봄으로써 내가 유를 바라볼 때마다 그의 정상적이지 않은 행동을 비참하게 받아들여서였다. 또한 그가 용서와 화해, 사랑에 대해 이야기할 때면 나는 그와 나의 관계를 어디 즈음에 놓아야할지 혼란스러웠다. 그에게 반항하듯 자극적인 사회면 기사만을 읊었다. 성폭행 당한 초등학생, 엄마를 죽인 아들, 생활고에 시달려 아이 셋과 함께 동반자살한 가족이야기, 그리고 치정에 얽힌 살인……. 내가 말을 하면 할수록 그의 표정은 어두워졌고 급기야는 공포에 질려가는 것 같았다. 점점 살이 빠졌으며 자주 목둘레가 조여 온다고 했다. 꽃샘추위가 풀리고 버드나무가지에

싹이 올라오고 입주자를 위한 편의 시설을 짓기 위해 공사가 분주히 진행됐지만 그만은 삭막한 겨울로 되돌아가는 것 같았다. 그러다가 어제, 겨우 입을 떼서 내게 물었다.

"너는 왜 그렇게 어두운 이야기만 하니? 네 현실은 무난하잖아. 거기에서 어떤 감동을 찾아보는 것은 어떨까?"

나는 비웃음을 띤 채 어깃장을 놓았다.

"현실에 죽이고 싶은 사람이 있는데 어떻게 감동 줄 이야기를 할 수 있겠어?"

"누군데?"

"유!"

나는 손으로 입을 막았다. 한 번 더 생각하고 말했어야 했는데, 너무나 솔직한 내 대답에 소름이 끼쳤다. 더군다나 최초로 K에게 아들 이름을 말해버렸다. 유의 이름을 말하면 곧, 자폐아인 유의 실체가 드러나서 영혼이 없는 짐승이라는 것을, 나의 유령 같은 존재라는 것을, 그가 알아챌까봐 애써 나는 '나의 아들'이라는 호칭을 에둘러 지칭했을 뿐이었다. 그런데 나보다 더 그의 얼굴이 파랗게 질려갔다. 다른 날과 달리 날선 답변에 정머리가 떨어졌을까. 아니면 이제야 나의 살인본능을 알아버린 것일까. 그렇다고 이렇게까지 기겁할 필요가 있을까. 나의 아들 유……, 유……, you……. 설마 '유'를 '너'로 알아들었던 것일까. 나는 K가 오해 할까 싶어 그동안 유에 대해서 거짓말을 해왔다고 말해버렸다.

그는 내 이야기를 듣고 나서 길길이 날뛰었다. 냉혈인, 엄마가 엄마 같아야지, 그렇게 나를 죽이고 싶었어? 이미 내가 살인을 저지르기라도 한 것처럼 비난했다. 나는 그의 비난에 대꾸하지 않았고 처음으로 술을 마시는 그에게 그만 마시라고 말하지도 않았다. 누군가에게 비난을 받는다면 K였으면 싶었다. 솔직히 아름다운 이야기를 듣는 것보다 가슴이 후련했다. 그렇게 아름다운 이야기를 하던 그도 화를 낼 수 있다는 사실이 암암리에 그를 경계했던 마음을 무너뜨렸다. K와 시간을 더 보낸다면 무의식 속에 잠재한 유를 살해하고 싶은 본능을 그가 자제할 수 있도록, 그리하여 유를 조금씩 집 밖으로 내보낼 수 있게끔 힘을 실어 줄 것 같았다. 유가 곧 나이기에 유를 죽이는 것은 나를 죽이는 것과 같다는 것을, 정말 죽이고 싶은 것은 유를 낳았지만 어떻게 감당할 수 없는 현실이라는 사실을, 그에게 고백할 수도 있겠다 싶었다. 그러면서 그가 내 말을 온전히 이해하고 감당할 수 있을지 한편으로는 의문이었다. 이런 우려처럼 그가 어제, 온데간데없이 사라져 버렸다.

*

등 뒤에서 비명처럼 휴대폰 벨소리가 터진다. 잠에서 깬 유가 괴성을 지르며 이리저리 눈동자를 굴린다. 핏발 선 눈이 내게 꽂힌다. 현관에 떨어진 휴대폰을 줍기 위해 필사적으로 긴다. 손을 뻗어 휴대폰을 집으려는 순간, 내 앞에 온 유가 손목을 밟는다. 손목이 끊기는 것 같다. 휴대폰이 손아귀에서 미끄러진다. 유가 휴대폰을 차버린다. 이럴 때는 유의 정신이 온전한 것 같다. 내가 외출하거나 전화가 올 때면 유난히 흥분한다. K를 만나고 있는 것을 아는 것일까. 자신보다 더 사랑할 아이를 만들 계획이라는 것을 알고 질투하는 것일까.

나는 양팔에 힘을 더 주고 이번에는 주방으로 향한다. 어떤 계획이 있는 것은 아니다. 콜라에 수면제를 탄다 해도 유가 마시지 않으면 소용없다. 마취 총이나 영원히 잠에서 깨지 않은 약이 있으면 어떨까. 극단적으로 변하는 내 생각을 읽었는지 유가 내 뒤를 쫓아오며 머리카락을 잡아당긴다. 침실 쪽에서 울리는 전화벨 소리가 끈질기게 따라온다. 뭘까. 내 폰은 진동으로 해놓았는데 어디서 벨소리가 나는 걸까. 정말 K의 휴대폰이 집안 어디에 있다면, 만약 그렇다면, 누가 버튼을 누르고 전화하는 것일까.

머리를 세차게 흔들고는 거실을 가로질러 주방으로 향한다. 유는 거머리처럼 내 머리카락을 잡아당기면서 따라온다. 전화벨 소리에 흥분한 그가 괴성을 내지르며 머리카락을 잡고 있는 손에 힘을 준다. 머리 가죽을 홀러덩 벗겨버렸으면 싶다. 나는 주방을 지나쳐 다른 공간으로 향하는 철문으로 방향을 튼다. 외부사람이 들어올 때면 유의 피난처로 사용했던 곳. 이번에는 유가 아니라 내 피난처가 되어야 한다. 나는 머리카락이 몽땅 빠지는 것 같은 아픔을 느끼면서 철문 손잡이를 잡는다.

전화벨 소리가 갑자기 끊긴다. 침묵이 공포로 변한다. 유가 움켜쥔 머리카락을 놓는다. 유는 침실을 멍하게 주시한다. 뭔가가, 아니 누군가가 느릿느릿, 침실에서 기어 나오고 있다. 기고 있는 누군가가 고개를 들어 유를 본다. 유는 여전히 멍하게 서 있다. 누군가가 양팔을 바닥에 짚고 서서히 윗몸을 일으킨다. 다 섰다고 생각한 순간 내 쪽으로 고개를 직각으로 꺾는다. 내 숨이 목구멍에 걸린다. 너무 기가 막혀 단말마를 외칠 수도 없다. 머리 한쪽이 함몰된 남편이다. 남편이 시계추처럼 몸을 흔들면서 나를 향해 걸어온다. 초점이 맞지 않은 눈으로 나를 본다. 사고 당시 입었던 체크무늬 넥타이와 감색 양복 차림이다. 나는 필사적으로 철문에 매달린다. 현실이 아니다. 악몽이다. K에게 했던 무수한 일상의 거짓말을 그가 사실로 믿었듯 이것은 현실 같은 꿈속일 뿐이다. 현실과 꿈과 이야기가 뒤섞여 있다. 그런데 어느 쪽이 진실인가. 진실 쪽이든 거짓 쪽이든 내가 숨을 쉴 수 없다면 일단 탈출해야 한다.

내게 점점 다가오는 남편을 보면서, 남편 뒤를 따라 별장 발코니에 대롱대롱 매달려 있던 미의 아빠가 여전히 동아줄을 목에 두른 채 뒤따라오는 것을 보면서, 목덜미에 혁대를 목걸이처럼 두른 미의 어머니가 나온 것을 보면서……. 나는 철문을 열려고 사력을 다한다. 힘을 줘서 손목이 부러져도 상관없다. 이곳에서, 악몽과 같은 이곳에서 빠져나갈 수만 있다면……. 침실에서 전화벨이 울린다. 입구를 막고 있는 유의 어깨를 밀치며 K가 기어 나왔을 때는 도저히, 끔찍해서 쳐다볼 엄두가 나지 않는다. 넥타이처럼 굵은 동아줄을 셔츠 아래로 늘어뜨린 K가 한쪽 귀에 휴대폰을 댄 채 누군가에게 신호를 보내고 있다. 누군가에게……. 주방에 있는 내 폰이 진동으로 몸을 뒤챈다. 눈을 감아버린다. 악몽들이 현실 밖으로 나온 것은 제각에서 훔쳐온 거울 때문이다. 검은 거울은 내가 지어낸 이야기처럼 이 세계와 저 세계의 입구였을지도 모른다. 거울을 봉하든지 도로 갖다 놓든지 해야 한다.

악몽들이 거실로 쏟아져 나와 나를 향해서 온다. 유는 이런 돌발 상황에 이러지도 저러지도 못하면서 뛰기만 한다. 쿵쿵, 규칙적인 리듬을 만들어 내고 있다. 나는 있는 힘을 다해 철문을 잡아당긴다. 철문이 둔중한 음을 내며 열린다. 하지만 이중 유리문이 단단히 버티고 있다. 팔목에 힘을 실어 옆으로 밀친다. 고무마킹이 괴력으로 내 힘을 흡수한다. 두 다리가 공중에 붕 뜬다. 남편이 내 바짓가랑이를 잡고 늘어진다. 철문을 잡고 끌려가지 않으려고 발버둥친다. 내 발이 그의 함몰된 머리 쪽을 가격한다. 그가 다리를 놓아버린다. 그 반동으로 이마가 유리에 부딪친다. 눈이 떠진다. 유리너머 거실이 눈에 들어온다. 천장 구석에 설치된 오디오가 깜빡거리며 작동한다. 유가 소리 나는 가전제품은 두드려서 고장을 내기 때문에 천장과 가까운 곳에 설치했다. 잔잔한 유키 구라모토 음악이 새어나온다. 이곳 거실과 똑같은 소파와 벽지, 오디오……, 그곳에 유의 무릎을 베개 삼아 누워서, 잠들어 있는 나를 봤을 때는 본능적으로 내 몸을 훑는다. 죽은 것인가. 피가 돌고 통점까지 살아있다. 죽지 않았다! 도대체 어느 쪽이 현실이란 말인가.

거울 속에서 뛰쳐나온 것들은 날카로운 손톱을 내밀어 내 머리카락이며 등, 다리를 훑어 내린다. 손톱이 지나간 곳마다 핏방울이 맺힌다. 발길질을 해도 소용없다. 이들이 나를 집어삼킬 것처럼 얼굴을 가까이 들이댄다. 나는 손톱으로 끅끅, 유리를 긁어 대면서 저편 공간을 향해 외친다. 일어나, 일어나, 어서 일어나! 공중으로 뛰어오르며 큰 박자를 만들던 유가 핏발 선 눈을 부라리며 내게 달려온다. 내게 달라붙어 있는 악몽들을 떼어내려고 안간힘을 쓴다. 나는 유리를 두드리며 비명을 내지른다. 눈을 떠, 눈을 떠, 그리고 거울을 도로 갖다줘, 제발! 악몽을 떼어내던 유가 힘이 부쳐 내게 안겨 인간 방패막이 된다. 그를 얼결에 안는다. 사타구니 밑으로 뭉텅 뭔가가 쏟아진다. 피다. 유를 낳고 난 뒤 멈췄던, 십 년 동안 간절히 기다려왔던 생리혈을 드디어 터트렸다.

* * *

후문 근처는 소란스럽다. 전날 비가 내려 중단됐

던 공사가 시작된 모양이다. 하지만 모든 공사 차량이 멈춰 있고 밭 주위로 폴리스라인이 쳐 있다. 어제 K와 사랑을 나눴던 자리에는 인부들이 담배를 피우면서 잡담을 나누고 있다. 그들은 거울을 들고 있는 나를 힐끔거린다. 어서 집으로 들어가라는 손짓까지 한다. 몇몇 사람이 폴리스라인 밖에서 안을 보고 있다. 나도 그냥 서서 본다. 밭을 헤집더니 무슨 유물이라도 발견한 것일까. 산들바람이 버드나무가지를 흔들고 있다. 나뭇가지가 스쳐 지나가던 기와지붕이 없다. 막상 부서진 기왓장과 나무판자가 황토밭에 널려 있는 것을 보니 제각이 사람들에게 살해당한 것 같아 안쓰럽다. 거울을 돌려놔야 하는데, 경찰관 몇이 웅성거리고 있어 들어갈 엄두조차 없다. 나는 까치발을 하고 윗몸을 안쪽 깊이 기울인다. 내 모습을 먼저 발견한 경비 아저씨가 옆에 찰싹 붙는다.

"사모님, 어떻게 알았어요, 저곳이 창고가 아니라 제각이라는 것을요?"

"……."

"밤이면 늘, 이곳에 혼자 앉아서 제각을 보고 있었잖아요. 간혹 중얼거리기도 하구요."

나는 눈을 동그랗게 뜨고 그를 올려다본다. 가끔 이곳에 오긴 했지만 내 행동을 누군가가 지켜보고 있었다는 데에 소름이 돋는다. K와 사랑을 나누는 것도 봤을까. 경비 아저씨는 내 반응에 의심쩍게 훑어보다가 주위 사람들한테 들었던 말을 쏟아낸다.

좀 전에 제각을 무너뜨렸다. 그곳에서 목을 매단 남자 사체를 발견했다. 남자는 자살한 지 오래된 것 같은데, 전혀 썩지 않고 바람에 앙상하게 몸이 말랐을 뿐이다. 이상하게 마른 몸과 달리 머리카락은 탐스럽게 자라 있었다.

나를 흘깃 쳐다보던 아저씨가, 사모님처럼 이렇게 머리카락이 길었다고요, 라며 무슨 일급비밀을 털어놓듯 뺨 가까이 대고 속삭인다. 그의 입김이 귓속으로 파고들자 한두 걸음 떨어져 입을 손으로 가린다. 아저씨는 내 곁에 바싹 붙는다. 침을 삼키고는 말을 잇는다. 흡사 경비실에서 마이크를 대고 경비실에서 알려드립니다, 와 같은 방송 멘트처럼 힘까지 준다.

1년 전에 여섯 명의 아이들을 독극물로 죽이고 정신병동에 수감되었던 전직 간호사출신 살해범이 사회면 기사에 대문짝만하게 실린 적이 있었다. 우울증에 시달려 결국 정신이상자가 된 간호사가 아이들을 모두 목욕시키고 미리 사놓았던 옷을 깨끗하게 입힌다음 콜라에 탄 독극물을 마시게 했다. 아이들한테 남편 지문이 전혀 나오지 않았지만 남편은 그 뒤로 행방이 묘연해졌다. 경비 아저씨는 아마 저 사체가 그 살해범의 남편일 거라고, 양복 재킷에 여섯 명의 아이들 사진이 나왔다고 했다.

아저씨는 말투와 달리 몸을 떨더니 담배를 꺼낸 다. 나도 버드나무 쪽으로 고개를 돌릴 수 없을 정도 로 몸이 굳어진다. 등골이 오싹하고 식은땀이 목덜미 를 적신다. 내가 알고 있는 K와 같은, 죽은 남자 아이 들도 여섯이었다는 우연성 때문이다. 유난히 사랑과 화해를 강조했던 그. 그 이면에는 어떤 아픔이 있었 던 게 아닐까. 내가 알 수 없는 아픔을 그는 나와 다 른 방식으로 드러낸 게 아닐까. 나는 애써 K와 자살 한 남자를 일치시키려는 생각을 제지하지만 연달아 생기는 의문은 어쩔 수 없다. 급기야 거울 속에 사는 영혼을 훔쳐 먹는 요괴들 때문에 결국은 파멸로 치닫 는 미에 대해 이야기하려는 것과 달리 거울 속에 사 는 아름다운 요정이 미를 구원한다는 결론으로, 사람 들이 거울을 보면서 외모뿐만 아니라 영혼까지 가꿀 수 있어야 한다는 메시지를 전달하고자 한다.

"사모님, 그거, 버릴 거면 저한테 주세요. 잘게 깨 부순 다음 신문지에 말아서 쓰레기봉투에 넣어버리 면 감쪽같아요."

골똘히 생각하고 있는 나를, 너무 겁을 먹어 혼이

빠졌다고 여겼는지 경비 아저씨가 기침을 하고는 말을 걸어준다. 하지만 나는 잘게 부셔 쓰레기봉투에 넣어버린다는 아저씨의 말을 듣자마자 거울을 깨면 그 속에 사는 사람들의 영혼이 내게 달라붙을 수도 있다는 오래전 이야기를 떠올린다. 그러자 요괴들의 존재가 강하게 부각되면서 깨진 거울 속, 얼굴이 찢긴 아이가 나를 노려보는 것만 같다. 거울이 심하게 요동친다. 겨드랑이에 힘을 준다.

경비 아저씨에게 멀찍이 떨어져 K에게 전화를 한다. 오늘 만나서 같이 가기로 했다. 신호음이 간다. 벨 소리가 등 뒤에서 난다. K도 나처럼 사람들 속에 섞여 있는 것일까. 용기를 내서 둘러본다. 하늘거리는 버드나무가지 아래, 조각난 신체처럼 부서진 파편들이 널려 있고, 그 위로 사체를 덮은 하얀 천이 눈부시게 빛난다. 사체 가슴 즈음이라고 짐작되는 부분에서, 액정 화면의 깜빡거림처럼 빛이 난다. 뭔가에 홀린 사람처럼 폴리스라인 테이프를 걷어내고 경비 아저씨가 말리는 것도 무시한 채 한 걸음 한 걸음 소리 나는 쪽으로 걸어간다. 가까이 갈수록 거울이 거칠게 움직인다. 요동치던 거울이 제 스스로 쏙, 빠진다. 파삭, 파열음이 뒤통수를 친다. 파열음의 여운처럼 금이 간 거울 속에서 K가 어제 내게 했던 말을, 그와 똑

같은 목소리로 누군가가 반복해서 흉내낸다. 나, 저런 곳에서 너랑 살고 싶어. 나, 저런 곳에서 너랑 살고……

사마귀의 눈물

심박동이 빨라진다. 정수리가 뚫리고 두 눈이 튀어나올 것 같다. 장이 시작되기 30초 전이면 어김없이 같은 증상이 반복된다. 긴장감을 감추려고 넥타이를 쓸어내린다. 8시 59분 59초. 모니터를 본다. 시시각각 주가 그래프가 바뀌고 청색과 적색이 예기치 못한 곳으로 길을 낸다. 양봉과 음봉이 바뀌는 찰나, 암사마귀가 이제 막 사정하기 시작하는 수사마귀 머리를 씹어 먹는 환영과 겹친다. 눈을 비빈다. 3일 전 새벽, 그녀의 부어터진 입술과 핏자국으로 얼룩진 흰색 패딩 점퍼가 떠오른다. 내가 생각하는 핏빛은 아름답게 빛나야 했다. 선택한 종목들은 핏빛으로 뻗어가야 했으며 길고 질긴 생명선으로 살아남아야 했다. 붉을

수록 돈이 쌓였고 돈은 내 손에서 아름다운 꽃으로 피어났다. 그녀의 패딩 점퍼에 묻어 있던 피가 말라붙어서 검붉었다. 눈자위에 멍이 들고 피가 말라붙은 코와 부어터진 입술을 한 그녀의 몰골은 추했다. 더 이상 보고 싶지 않았다.

세 달 전 나는 그녀의 아파트 옆으로 이사를 갔다. 본사 펀드매니저 자리를 포기하고 지방 소도시 PB로 발령을 자청한 뒤 새로 구한 임대 아파트였다. 동과 동 사이의 거리가 짧아서 한낮에도 그늘지고 복도식이라 소음이 심했다. 이웃인 그녀가 나와서 인사를 했다. 어머, 젊은 총각이네. 전에는 노인네들이 TV 볼륨을 조금만 높여도 시끄럽다면서 초인종을 눌러댔어. 죽을 때까지 나를 괴롭힐 것 같더니 그 노인네들 무슨 바람으로 이사를 갔는지 모르겠네. 그렇게 까다롭게 굴지 않을 거지? 점심은 우리 집에서 먹어. 나는 처음 봤지만 스스럼 없는 그녀의 반말이 무례하게 들리지 않았다. 그녀의 스타일도 말투와 잘 어울렸다. 허리까지 내려오는 긴 생머리와 세로로 쳐진 블랙 셔츠에 꽉 낀 청바지를 입고 있었다. 실제 나이가 마흔여섯이라고 말하지 않았다면 삼십대 초반 정도로 봤을 것이다. 그녀는 줄곧 미소를 지으며 내 아파트를 훔쳐보았다. 이삿짐센터 직원이 목이 마르다고 하자 자신의 집에서 캔 음료를 갖다 주었다. 내게도 인스턴트커피를 타 주었다. 나는 그녀의 과잉 친절이 불편했지만 싫지 않았다. 지방이라서 그럴까. 내가 살던 곳에서는 생각지 못할 일이었다. 하지만 이사한 첫날부터 남의 집에서 점심 먹기는 뭣해서 인부들과 자장면을 시켜먹었다. 그 뒤로도 그녀는 복도에서 나를 볼 때마다 반갑게 아는 체를 했다.

이사 오고 일주일 뒤, 쓰레기를 버리러 가는 그녀와 우연히 엘리베이터 앞에서 마주쳤다. 총각, 이사하느라 힘들어서 그래? 눈이 빨개. 잠 좀 푹 자. 그녀는 머뭇거리는 나를 개의치 않고 호주머니에서 레모나를 꺼내 손아귀에 쥐어주었다. 레모나를 먹지 않고 주물럭거렸다. 그녀의 손은 따뜻했다. 아무리 말이 없는 사람이라도 그 상황에서는 어떤 말이든 해야 할 것 같았다. 어렸을 때 고모한테 들었던 이야기를 꺼냈다.

나는 유난히 흰자위에 가느다란 실핏줄이 도드라져 있는 게 콤플렉스였다. 학창시절 아이들이 토끼눈이라고 놀려서 죽기만큼 싫었다. 나를 키워준 고모에게 물었다. 왜 제 눈만 토끼처럼 빨갛죠? 고모는 곱슬머리를 쓰다듬어주면서 아주 나직이, 하지만 단호하게 말했다. 네 눈은 눈물의 꽃이야. 눈물을 너무 많이 흘려서 더 이상 흘릴 눈물이 없기 때문에 눈물 자국이 붉은 꽃으로 피어난 거야. 네 살 때 집을 나간 어머니가 입었던 원피스를 붙들고 아이라고 믿기지 않을 정도로 서럽게 울었다고 했다. 며칠 뒤, 울음을 그쳤지만 흰자위가 붉게 변해 있었다. 붉은색은 성인이 돼서도 없어지지 않았다.

내 이야기를 들은 그녀는 1층에 도착했어도 엘리베이터에서 나갈 생각을 안했다. 고개만 숙이고 있더니 내가 나가려 하자 어색하게 말했다. 그래서 내게 호감을 가진 거니? 첫눈에 알아봤어. 총각은 나이 어린 여자보다는 엄마 또래의 여자들을 더 좋아하지? 나는 서둘러서 엘리베이터에서 나왔다. 어쩌면 그녀의 말이 맞을 지도 몰랐다.

내 외모는 여자들이 관심을 가질 만했다. S대에 입학한 뒤 미팅이나 소개팅에 나갈 때마다 여학생들은 내 파트너가 되고 싶어 안달했다. 그러나 또래에게는 도무지 흥미가 없었다. 졸업을 앞두고 논문 발표회 뒷자리에서 술을 잘 마시지 못하는 나는 정신을 잃고 말았다. 졸업하는 날만큼은 취하고 싶었다. 다음날 식당에서 서빙을 하던 40대 아주머니와 한 침대에 있는 것을 알았다. 어떻게 해서 거기까지 갔는지 기억이 없었다. 졸업식 날 꽃다발을 들고 찾아온 아주머니가 한 번 더 오지 그랬어, 라는 말을 했을 때는 소름이 끼쳤다. 그때 집 나간 어머니의 옷을 붙들고 며칠 동안 울었던 아이의 무의식적인 모성 콤플렉스 때문이라고 단정했다. 그래서일까. 집에 들어오면 옆 아파트에서 벌어지는 일들이 궁금해서 벽에 귀를 갖다 댔다. 안방 벽은 그녀의 집 화장실과 주방에 딸린 거실 벽이기도 했다. 방음시설이 잘 된 곳이 아니었다. 그녀의 집에서 들리는 변기 물 내리는 소리, 달그락거리며 요리하는 소리, TV 시청하는 소리가 다 들렸다. 곧, 그녀가 아이는 셋이지만 남편 없이 산다는 것을 알았다. 아이들은 대체로 조용해서 사뿐히 걸었으며 TV 시청을 할 때도 볼륨을 한껏 줄이는 듯했다. 전 주인이 무척 까다롭고 신경질적이어서 아이들이 스트레스를 많이 받았을 거라고 생각했다. 그녀는 아이들과 달리 소란스러웠다. 비밀 키 누르는 소리도 한숨을 쉬듯 띄엄띄엄 눌렀지만 한두 개는 잘못 눌렀는지 에러 발생음을 냈다. 들어가서도 신발에 걸려 넘어졌는지 쿵, 하는 소리와 획, 하는 소리를 연달아 내곤 했다. 그녀는 저녁에 나가서 새벽에 들어왔다.

그녀에게 눈물의 꽃 이야기를 했을 때 쓰레기봉투를 들고 따라오던 그녀가 나를 불러 세웠다. 레모나가 쥐어진 손아귀에 명함 한 장을 건넸다. 심심하면 놀러와. 명함에는 '장미 노래방 김 장미'라고 쓰여 있었다. 나는 그녀를 돌아보며 물었다. 본명인가요?

오른손 검지로 뿔테 안경을 올리면서 동료들을 곁눈질한다. 다행히 동료들은 곁눈질하는 나를 눈치 채지 못한다. 내방고객의 주문을 내고 수시로 걸려오는 전화를 받느라 바쁘기도 하지만 내 감정을 들키지 않을 정도로 진한 갈색 코팅을 한 안경 덕을 본 것일지도 모른다. 핏발 선 눈 때문에 괜한 오해를 사기 싫어서 적외선에 눈이 오랫동안 노출되면 각막이 손상된다는 의사의 처방대로 색을 넣을 수밖에 없었다며 직원들에게 거짓말을 했다. 색안경을 쓰고 있으면 내가 선택한 색깔로 세상을 볼 수 있어 다른 의견에 쉽사리 휩쓸리지 않을 뿐만 아니라 고객들에게 감정을 들키지 않아 유리했다. 매 초마다 수천만 원이 늘고 줄기를 반복하는 주식 시장에 사는 나로서는 더할 나위 없는 보호막이었다. 간혹 충혈 된 눈을 보고 밤늦도록 종목 공부를 한 줄 알고 고객들이 안쓰러워하기도 했다. 내가 선택한 직장은 수익을 얼마나 내느냐, 에 관심이 많았다. 나는 회사도 고객도 실망시키지 않았다.

데스크 위에 놓인 두 개의 모니터로 시선을 던진

다. 깍지 낀 양손을 풀고 한손으로 안경을 위로 올렸다가 내린다. 모니터를 볼 때마다 소리 없이 발산하는 전자파에 노출되어 눈이 시리고 아프다. 눈언저리를 만져보다가, 눈을 감았다가 떠보다가, 쉴 사이 없이 적색과 청색으로 바뀌는 차트의 심연 속으로 빠져든다.

관음증 환자처럼 그녀가 새벽에 집으로 들어오는 소리를 들은 뒤, 수음을 하곤 했다. 며칠 전 절정을 즐기고 있는 순간, 유리창에 달라붙어 있는 한 쌍의 사마귀가 눈에 띄었다. 흐릿한 눈으로 창문을 봤을 때 암사마귀가 등에 올라탄 수컷 머리를 우걱우걱 씹어 먹고 있었다. 길쭉하고 날렵하게 빠진 몸매와 한군데도 번짐 없이 짙푸른 삼각형 얼굴, 가느다랗지만 솜털이 박힌 Z형태로 접히는 다리, 무엇보다 플라스틱 유리알을 박아 놓은 것처럼 불거진 두 눈알이 나를 노려보자 숨이 멎는 듯했다. 몸은 금세 식어 버렸다. 사랑의 절정에서 암컷이 수컷을 잡아먹는 행위를, 앞으로 잉태할 새끼들을 위한 영양 보충이라고들 하지만 그것은 지나친 미사여구에 지나지 않았다. 곤충의 머리는 억제 중추 신경의 자리여서 오히려 머리가 없는 게 수컷의 성행위를 극대화한다고 했다. 암놈은 타이밍을 잘 노려 먹이와 쾌락을 동시에 얻을 뿐이었다.

일을 하면서 인터넷 화면 너머 주식이 한없이 곤두박질칠 때면 그 후유증으로 누군가 또 자살할 거라고 예측을 했고 대부분 적중했다. 상대방이 피 흘리며 쓰러지는 것을 상상하면서 난사하는 전쟁을 즐겼다. 안정적인 것보다 위험부담이 큰 종목을 선택했다. 누군가는 쓰러지겠지만, 나는 항상 승리할 거라는 자신감으로 응했다. 보답처럼 높은 수익으로 돌아왔다. 무엇보다 타이밍이 중요했다. 암컷이 된 내가 오르가즘에 도달하면, 순식간에 수컷의 머리를 씹어야 했다.

신음을 내뱉으며 분비물을 닦았던 휴지로 사마귀를 움켜쥐었다. 물컹한 느낌이 없었다. 휴지 안에 든 것은 물컹하게 일그러진 사마귀의 사체가 아니라 난잎이었다. 베란다 유리문 틈으로 불어온 바람이 난잎을 흔들고 있었다. 두 눈을 거세게 문질렀다.

장이 시작됐지만 객장 안은 의외로 깊은 침묵이 흐른다. 침묵은 혈전을 예고한다. 청색이 이미 모니터를 점령했다. 고객과 직원들이 뱉어내는 한숨이 무겁게 객장에 깔린다. 당일 신규 상장한 나노반도체 주식을 대량 매입했을 때 격앙된 목소리가 나를 방해한다.

"이봐! 김 대리, 제주도로 발령 신청을 냈다고 본

부장님이 손수 전화까지 하셨는데, 어떻게 된 일인가? 내게 말도 없이 그럴 수 있어?"

상담용 고객 의자에 지점장이 앉아서 상기된 얼굴로 나를 채근한다. 반사적으로 의자에서 살짝 엉덩이를 들었다가 내린다. 장이 열리는 시간 중에서 9시부터 10시까지가 주식이 제일 활발하게 거래되기 때문에 브로커들은 온 신경을 집중한 채로 긴장한다. 고객과의 상담 외의 사내 잡담은 거의 불문율처럼 금지되어 있다. 지점장은 오른쪽 다리를 왼쪽에 얹어 여유롭게 보이려고 애쓰지만 뭔가 불편한 심기를 드러낸다. 사각형 얼굴에 두툼한 아랫입술과 갈매기 모양의 또렷한 윗입술 윤곽이 미세하게 떨린다.

"아무리 실적이 좋다지만, 그래도 지점장인 내게 언질은 줘야하지 않나? 본부장이 생각하면 나랑 뭐 불편한 일이라도 있는 걸로 생각하지 않겠어? 그렇잖아도 내가 적극 자네 승진과 더 좋은 곳으로 발령추천을 생각하고 있었는데……. 좋은 대학 나와서 끌어줄 선배들이 많다는 거 우세하는 거야? 메사끼도 순간이란 것 자네도 알아둬야 할 걸."

나는 재빠르게 주위를 훑는다. 직원들은 일주일째 연저점 갱신을 이어가고 있는 주가지수하락과 인사발령 문제로 잔뜩 긴장하고 있다. 다들 민감한 상황에,

지점장은 평소 그 큰 목소리로, 더군다나 학벌까지 들먹이면서 말하고 있지 않은가. 승진할 거라는 소문이 돌고 있는 맞은편 정 대리와 눈이 마주치자 얼른 지점장 쪽으로 고개를 돌려버린다. 지점장도 알고 있을 것이다. 본부장의 관심은 수익에 맞춘 성의일 뿐이며 다른 회사에서 스카우트 제의가 오지 않았나 하는 의심의 확인일 뿐이라는 것을 말이다.

지방으로 내려갈수록 인맥과 학연이 끈끈한 거미줄처럼 연결되어 있다는 것을 이곳에 와서 알았다. 아무런 연고도 없는 내가 자청해서 왔을 때 본사에서 암행어사 격으로 일부러 보냈을 지도 모른다는 의심을 받기도 했다. 나는 다른 직원들의 눈치를 보지 않았다. 차분한 영업으로 수익을 올렸다. 연신 대박 행진이 이어졌다. 소액을 맡겼던 고객이 돈을 더 맡겼으며 그들은 다른 고객을 데리고 왔다. 수익을 높일수록 밑바닥을 맴돌던 지점 순위까지 올라갔다. 지점장은 물론 나를 최종 이곳으로 발령에 동의했던 본부장도 안심하는 분위기였다. 하지만 지점장이 말한 대목을 생각하면 할수록 심기가 불편했다. '메사끼'라고 말하는 '주식에 대한 신기'가 없었다면 내가 일군 실적 또한 불가능할 거라는, 다소 듣기에 따라서는 '능력'이 무시되고 '운'이 좋아서 그렇게 됐다는 뜻으로 받아들였기 때문이다. 영업 실적이 좋은 내가 다른 곳으로 발령을 신청해서 불만이라고 해석하기에는 본부장에게 내 승진과 발령을 적극 추천했다는, 지점장의 아귀가 맞지 않는 말 또한 개운치 않았다.

일단 말을 아끼기로 한다. 지금 지점장에겐 자신보다 잘 나가는 부하 직원에게 겨눌 수 있는 총이 쥐어져 있다. 언제 어느 공간에서 그것이 나를 향해 발사될 지 모를 일이다. 이럴 때는 침묵이 금이다.

아무런 대거리를 하지 않자 지점장이 슬그머니 누그러진 목소리로 묻는다.

"그건 그렇고……, 양 회장이 점심 식사를 같이 하고 싶다고 하는데, 김 대리하고……."

지점장이 입을 열 때마다 찌든 술 냄새가 콧속을 후벼 판다. 어제도 영업을 핑계로 밤새 술을 마셨던 게 틀림없다.

어제 양 회장이 내게 전화를 해서 돈을 맡기고 싶다는 눈치를 보였다. 한 다리 건너 다 아는, 인맥이 실타래처럼 얽혀 있는 이곳에서 같은 지점에 근무하는 두 사람에게 돈을 맡긴다는 것은 처세술에 흠집을 내는 결과를 초래할 수 있다. 양 회장은 그런 고충을 말했고 나는 조심스럽게 차명계좌를 만들라고 조언했다. 양 회장은 지점장의 중·고등학교 동창이었다.

부모의 경제력을 바탕으로 운수업을 시작해서 지금은 자산이 천억 정도이며 백억 가까이 주식에 투자하고 있다. 양 회장만 잡아도 웬만한 지점에서는 영업실적 1위를 달성할 수 있는 지름길이기도 했다. 지점장이 그런 면에서는 운이 좋았다. 지금껏 지점장이 그나마 자리를 지킬 수 있었던 것도 양 회장이란 큰 고객 때문이었다. 증권사에서는 투자컨설팅 능력보다는 고액자산을 얼마나 유치할 수 있는가가 때로 승진과 직책을 결정하기도 했다. 지점장은 양 회장에게 며칠 사이에 3억 이상의 손실을 입혔다. 처음에는 양 회장과 술을 마시면서 우정을 운운하며 만회한 듯했지만 한 번 더 손실을 입히자 양 회장의 태도가 변했다. 양 회장이 내게 계좌를 튼 것은 아니지만 지점장이 조바심을 내고 있는 것으로 미루어 양 회장이 어떤 제스처를 취했을지도 모른다. 어쩌면 오늘 아침, 양 회장의 계좌에서 갑작스럽게 돈이 빠져 나갔을지도, 그래서 내가 관리하고 있는 계좌를 꼼꼼하게 뒤져보면서 신규 가입한 사람의 입금액이, 빠져나간 액수와 얼추 맞은 것을 찾아봤을지도 모른다. 지점장이 내가 예측했던 문제를 바로 물어서 다행이다 싶지만 앞으로 어떤 상황이 전개될지 미지수이기 때문에 조심스럽게 대처하기로 한다. 나는 안경을 고쳐 쓰고 자세를 바로 한다.

"네, 그렇게 하지요."

"그래, 그래, 잘 생각했네. 내가 근사하게 한 턱 쏘지. 전에 회식했던 일식집 괜찮지 않던가? 미리 예약하겠네."

지점장은 내 대답을 들을 생각도 않고 의자에서 일어나 지점장실로 향한다. 지점장의 훤한 정수리를 보면서 3일 전 그녀의 정수리를 후려치던 생각을 한다. 한 대 두 대 그리고 흩뿌려지던 피, 붉게 피어나던 눈물의 꽃…….

그녀와 우연이라고 하기에는 지나칠 정도로 자주 마주쳤다. 복도는 물론 아파트 내에 있는 슈퍼나 제과점에서였다. 안부를 물으면서 그녀가 들고 있는 장바구니를 보았다. 아이들이 빵이나 인스턴트식품을 즐겨 먹는다는 것을 알았다. 더욱 자주 옆집을 염탐했다. 염탐했지만 아이들의 소리만 들릴 뿐 모습은 볼 수 없었다. 아이들은 그녀의 그림자처럼 행동했다. 아이들의 얼굴을 본 것은 이사 온 지 한 달이 지날 즈음이었다.

그녀가 없는 새벽, 언제 들어올까 잔뜩 신경을 쓰고 있을 때, 현관문을 거세게 두드리면서 삼촌, 삼촌,

이라고 부르는 앳된 여학생의 목소리를 들었다. 의심쩍게 현관문을 열었다. 얼굴이 붉게 물들어 있는 고등학생 정도로 보이는 여학생과 그 뒤로 거대한 그림자처럼 버티고 서 있는 남자가 있었다. 택시기사라고 했다. 택시기사는 아이의 삼촌이나 아빠 정도로 나를 생각했는지 다짜고짜 십만 원을 달라고 했다. 이유를 묻는 나를 향해 짜증스럽게 피도 마르지 않은 계집애가 어디서 술을 처먹었는지 택시 안에다 구토를 했다며 그 돈도 부족할지 모르겠다면서 불평을 쏟아냈다. 내가 십만 원을 기사에게 건네자 아이는 내 손을 잡고 부탁했다. 시험 성적이 너무 안 나와서 친구와 술을 마셨어요. 엄마한테 비밀로 해줄 수 있죠? 엄마가 알게 되면 고아원으로 쫓겨 갈지도 몰라요. 아이는 울음을 터뜨렸다. 나는 곧 나머지 아이들까지 볼 수 있었다. 고2인 큰 아이를 '김', 연년생 고1을 '박', 초등학교 4학년인 남자아이를 '최'라는 이니셜로 휴대폰에 입력했다. 각각 성이 달랐다. '김'의 사건이 있고 며칠 뒤 '박'이 문자를 보내왔다. 삼촌, 친구가 임신한 것 같은데 삼십만 원만 해주면 안 되나요? '최'는 자기 생일이 다음날이라면서 친구들이 다 갖고 있는 닌텐도를 가지고 싶은데 사줄 수 있냐고 물어왔다. 나는 그녀가 아파트를 비우는 밤 동안 김, 박, 최와 문자를 주고받았다. 그 뒤로도 자질구레한 것들을 내게 요구했고 나는 대부분 들어주었다. 이상하게 그녀가 들어오면 이들 셋은 집안으로 자취를 감췄다. 그녀의 그림자처럼 조용하게 처신했다.

내가 투피스 정장에 하이힐을 신은 그녀가 아파트 입구에 주차되어 있는 에쿠스에 승차하는 것을 본 저녁, 아이들이 라면을 끓여먹기 위해 꼼지락거리는 소리를 들었다. 봉지 부스럭거리는 소리와 도란거리는 소리, 스프가 풀어지면서 풍기는 매콤한 냄새가 창문 틈으로 흘러들어왔다. 마침 내게 배달 온 피자를 옆집으로 갖다 주라고 했다. 실은 피자나 통닭을 그녀가 근무하러 나가면, 아니 내가 뭔가 먹고 싶은 욕구가 일면, 꼭 추가 주문해서 옆집으로 배달시켰다. 출입문에 '삼촌, 고마워요.' 반듯하고 동그란 글씨가 적힌 포스트잇이 붙어 있곤 했다.

그날 새벽, 그녀가 내게 전화를 해왔다. 그녀의 아이들과 관련된 문제일 것만 같아 긴장했다. 아이들의 버릇을 다 받아줬다고 화를 낼 것 같아서였다. 그게 아니었다. 그녀는 다 죽어가는 목소리로 물었다. 응급실이야, 와 줄 수 있니? 심장이 멎는 듯했다. 그동안 아이들 셋과 교류한 것이 그녀를 만나기 위한 물밑 작업인 것 같았다. 그런데 왜 나를 부를까. 혹시 교통사고가 난 것은 아닐까. 외투를 걸치고 달려가면서도 다른 사람이 아니라 나를 불러준 것이 한편으론 고마웠다. 어떤 일말의 기대가 있었던 것도 사실이다.

그녀는 응급실 입구에 쪼그리고 앉아 있었다. 가로등이 그녀의 얼굴을 고스란히 비추었다. 입술은 부르트고 코피가 흘러내려 윗옷이 피범벅이었다. 나를 발견한 그녀가 미소를 지었다. 미소가 일그러지면서 얕은 신음을 뱉어냈다. 내가 당황하자 그녀는 아무렇지 않게 사고 경위를 말했다. 일을 끝내고 말이야, 술 한 잔 하려고 손님과 같이 갔거든. 그 주인이 평소 나하고 잘 알아. 농담 삼아 나를 보면서 다음부터 나를 낭군이라 부르소, 라고 말했어. 그 손님이 바로 나가버리는 거야. 큰 고객이거든. 내가 뒤따라가야 했어. 술 한 잔 하고 가요, 라고 말하자 나를 마구 때렸어. 그러면서 하는 말이, 낭군이 바로 옆에 있는데 왜 그놈이 너를 낭군이라 부르라고 하는 거냐? 무슨 사이냐? 두 연놈이 나를 등쳐먹으려고 하는 거냐? 휴휴. 웃기지 않니? 그 자식 내 남편도 아닌데 말이야. 그런데 총각! 돈 좀 있어? 나, 가방도 놔두고 휴대폰밖에 없네. 이 시간에 부를 사람도 없고…….

그녀에게 폭력을 휘두른 남자는 분명 에쿠스를 운전하던 남자일 거였다. 가슴속에 뭔가가 꿈틀거렸지만 아무런 대꾸도 하지 않고 신용카드를 꺼내 그녀에게 내밀었다. 너무 급하게 나오느라 현금이 없었다. 올 때와 달리 빨리 자리를 뜨고 싶었다. 신용카드를 자세히 살피던 그녀가 얼굴을 다친 것도 잊은 채 발악하듯 웃었다. 어찌할 줄 모르면서 주위를 두리번거렸다. 내가 꼭 그녀를 폭행했고 그 발작으로 그녀가 미친 거라고 다른 사람이 오해할 것 같아 두려웠다. 한참을 웃고 난 그녀의 눈가에 눈물이 맺혔다. 아니면 통증이 심해서 그랬을 수도 있었다. 간신히 웃음을 참으면서 그녀가 내게 물었다. 총각 이름이 김혜성이었어? 혹시 읽어봤니? 인기 만화였던 까치머리, 야구 선수인가, 설까치라는 닉네임으로 더 유명한……, 그 녀석 이름도 혜성이었지, 내가 아주 좋아해서……. 본능적으로 내 이름이 그녀의 입에서 불러질 때마다 그녀의 표정을 주시했다. 술이 취한 그녀는 자꾸 고개를 옆으로 돌렸다.

그녀가 퇴원하고 며칠 지나지 않았을 즈음, 회사에서 송년회가 있었다. 지점장이 양 회장의 돈으로 송년회 회식자리를 마련했다. 여직원들이 빠진 2차 자리에서 양 회장이 자신의 노래 파트너로는 아가씨가 아닌 나이든 여자가 편하다고 말했을 때 나는 그녀의 노래방을 떠올렸다. 응급실 사건 이후로 외출하지 않은 그녀가 궁금했다. 그녀는 내 전화를 받았다.

　피곤한 목소리와 달리 조명 아래 서 있는 그녀는 생기가 넘쳤다. 다른 여자들에 비해 스무 살이 많았지만 모든 면에서 노련했다. 누구에게 잘 보여야하는지를 알았으며 어떤 노래를 부르면 분위기가 사는지 재빠르게 판단했고 행동했다. 노래 가사를 음미하며 애절한 목청으로 사람들 가슴을 녹이는 재주도 있었다. 양 회장은 그녀를 껴안으면서 춤을 췄다. 나는 연거푸 양주를 들이켰다. 파트너로 있던 아가씨가 토라지면서 밖으로 나갔다. 급하게 아가씨를 따라 나섰다. 아가씨의 머리채를 붙들고 빈 룸으로 들어갔다. 탁자에 내팽개치듯 넘어뜨리고 치마를 걷어 올렸다. 반항하는 아가씨의 뒷목덜미를 조르며 신음을 삼켰다. 그녀가 노래하는 목소리가 들릴 때마다 더욱 거칠어졌다. 널브러진 아가씨의 얼굴에 수표 다섯 장을 던져놓고 도망치듯 나왔다. 집에 왔지만 소금을 뿌린 것처럼 두 눈이 쓰라려 한숨도 자지 못했다. 내가 출근할 때까지 그녀가 들어오는 기척을 듣지 못했다.

　양 회장과 눈이 마주치자 본능적으로 아랫배로 손이 간다. 헛배다. 뱃속에 스트레스가 원인인 가스가 가득 차 있다. 만약 길고 투명한 마법 같은 바늘이 있다면 뱃가죽을 몇 군데 찔렀으면 싶다. 가스가 절로 빠져나와 꺼질 것이다. 그렇지 않으면 얼마가지 못해 머리 대신 배가 터져버릴지도 모른다. 내 생각을 들키지 않았나 싶어 정자세를 하고 양 회장을 본다.

양 회장은 짙은 쌍꺼풀 라인과 오목조목한 이목구비, 둥그스름한 얼굴로 나이보다 앳돼 보인다. 객장에서와 달리 표정도 부드럽다. 테이블을 사이에 두고 앉아 있지만 고객인, 양 회장과의 거리는 만리장성만큼이나 긴 성벽에 가로놓여 있는 것 같다. 조용히 양 회장이 따라놓은 소주를 마신다. 양 회장이 참치 한 점을 기름장에 찍어 내 입 가까이 댄다. 사양을 해도 막무가내로 내민다. 받아는 먹었지만 모래를 씹는 것처럼 까칠하다. 씹는 둥 마는 둥 목구멍으로 삼키고 냉수를 들이킨다.

"자네 말이야. 몇 년 째 근무하고 있는가?"

"본사 경력과 합치면 거의 이 년이 다 되어갑니다."

양 회장의 빈 잔에 술을 따른다.

"참, 아이러니야. 일류대를 나왔고 능력이 있으면서도 왜 이런 촌구석까지 왔는지 모르겠단 말이야. 무슨 사연이라도 있는지……."

양 회장은 혼잣말처럼 내뱉은 뒤, 어깨를 잔뜩 웅

크리면서 스키다시로 나온 참치 튀김을 먹고 있는 지점장에게 건배 제의를 한다. 지점장은 얕은 헛기침을 하고는 한 잔만 마셔도 얼굴이 빨개진다면서 거절하다가 못 이긴 척 술을 들이킨다. 양 회장은 사장이 1년 전에 주문해서 겨우 얻을 수 있었다는 참치 심장을 기름장에 발라 지점장에게 내민다. 나는 무릎 위에 올려놓은 손가락을 오므린다. 손가락을 오므렸지만 아픈 것은 눈알이다. 일부러 눈에 힘을 주고 좀 전의 양 회장 말뜻을 헤아리려고 애쓴다.

"그런데 나는 주식이라는 게 꼭 애인 같다는 생각이 든단 말이야. 애인이라는 족속은 사랑이 없으면 매정하게 떠나버리잖은가. 사랑이 어쩌면 돈일 수도 있겠다는 생각도 들어. 속없는 여자들은 돈만 발라주면 벌떼처럼 몰려들잖아. 그렇지? 마누라처럼 별 관심도 없이 처박아 두었던 종목이 오랜 시간 지나다보면 그런대로 짭짤한 수익을 가져다주기도 해. 새끼까지 치면서 말이야. 그런데, 마누라 이외의 것들은 말이야, 한 번 먹고 나면 버려야 해. 딱! 물이 찼을 때 먹고 뒤돌아보지 않고 나와야 하는 거지. 박 지점장은 여자들에게 인기가 많았나? 허허. 김 대리는 여자 꽤나 울렸을 거야. 그런데 본인은 정작 그런 사실을 모르지. 얼마나 매력적인지 말이야. 그래서 한 번 먹은 여자를 뒤돌아보지 않을 수 있었는지도 모르겠고. 허허. 김 대리, 아니 이제는 김 과장이라고 불러야겠지. 김 과장이 그런 면에서는 아주 냉정하고 탁월하단 말이지."

나는 물을 한 잔 더 마신다. 양 회장의 저의를 헤아릴 수 없다는 점이 속을 더 거북하게 한다. 지점장은 술을 들이키면서 그럼, 그럼, 그렇지, 연거푸 양 회장의 말에 맞장구를 친다. 지점장의 잔을 받은 양 회장은 다시 말을 잇는다.

"김 과장은 아직 미혼이지? 미혼이고 호남 형에다 학벌도 좋단 말이야. 여자들이 줄을 서는 것은 당연해. 그러니깐 손대는 것마다 척척 자네한테 달라붙잖은가. 그런데 자네 취향은 평범한 여자를 싫어한단 말이야. 살다보면 평범한 여자가 제일 낫다는 것은 지점장도 잘 알지? 질투도 안 부리고. 그럭저럭 해주면 만족하고 말이야. 그런 것은 자네가 좀 더 살아봐야 할 일이고……. 그런데 자네는 한 종목에 정성을 들여. 대부분 위험부담이 큰 종목이지. 그러다가 어느 정도까지 올라왔다 싶으면 한 방에 먹고 버려. 그 타이밍이 정확하다는 것이 묘하단 말이야. 까탈도 뒷담도 없게 하는 능력까지. 정말 프로급 솜씨야. 그래, 한 여자한테 한 번만 하면 돼. 아암, 질질 짤 필요 없지. 세상에 여자들이 많으니 한 번에 한 번씩만 먹어도 죽을 때까지 다 먹어보지 못할 상품들이 널려있단 말이야. 그래서 내가 자네에게 돈을 맡기는 거네. 막 들어온 신참들 1, 2년은 새파랗고 싱싱해서 곧잘 수익을 올리지 않은가. 그렇지 친구? 그런 직원을 고르는 능력은 내가 좀 있지. 허허."

지점장은 양 회장의 말에 그럼, 그럼, 이라고 말하며 술을 주거니 받거니 한다. 나는 고개까지 주억거리며 양 회장의 논리에 웃어주지만 불끈 쥔 주먹은 펴지지 않는다. 나이 차이가 나지만 김 대리 대신 '자네'라는 호칭이 마음에 들지 않을 뿐만 아니라 1, 2년 반짝 필 꽃에 나를 비유했다는 것조차 거슬린다. 양 회장의 서두가 긴만큼 큰 액수가 들어올 거라는 생각에 그저 고개를 주억거리며 웃어줄 뿐이다.

"친구, 그래서 말인데, 내가 한 80억 정도, 친구에게 맡겼던 돈 일부를 빼서 김 과장에게 맡겨보려고 하네. 김 과장 긴장할 필요 없네. 지점장에게 이미 말했어. 아니 이 친구가 이미 눈치 채고 나한테 전화를 했지 뭔가. 불편할 필요가 뭐 있는가. 자네는 곧 제주도로 가잖은가. 그럼 기존에 관리하던 계좌를 가지고도 못 갈 텐데, 그때까지만 맡아서 돈 좀 불려주게나. 내가 톡톡히 수수료를 지불하겠네. 이렇게 돈을 어영

부영 까먹고 있는데, 자네 같은 고수를 옆에 두고 마냥 잃을 수만 없잖은가. 그렇게 생각하지 않은가. 박 지점장은?"

지점장은 그렇지 않아도 붉은 얼굴을 더욱 물들이며 그래, 그래, 그것도 좋은 방법이지, 라고 맞장구를 친다. 나는 양 회장이 따라준 술을 단번에 마시고는 뭐든 당당하게 말할 수 있는 그의 능력을 생각한다. 그래 돈이다. 지점장이 승낙하지 않으면 백억이라는 돈을 다 뺄 수 있다. 그러면 지점장은 팔십억을 잃는 것이 아니라 백억이라는 돈을 다른 지점으로 흘려보내는 셈이다. 지점장도 손해 볼 것은 없다. 직원들이 수익을 올리면 지점장이 전체 수익의 50%를 가지고 가는 인센티브 제도가 있다. 개인적으로 이득일 뿐만 아니라 전체 수익률까지 덩달아 오르면 지점 순위도 올라가니 그만큼 지점장의 입지도 굳건해질 것이다. 친구 자산을 늘리고 우정에도 금이 가지 않으니 일석 삼조의 실리를 추구하는 것이 아닌가. 무엇보다 나는 곧 이 지점을 떠나는 철새와 다름없다.

"이 점심은 내가 사는 거네. 많이 먹고, 불편하게 생각하지 말아 주게나. 참, 김 과장! 이번에 자네에게 맡길 돈은 내 명의가 아니라 다른 사람 명의로 해줬으면 싶네. 김혜선이라고. 자네도 잘 알잖은가. 장미

노래방 김장미라는 가명을 쓴 여자 말일세. 요 며칠 연락이 되지 않지만 오래 전에 승낙을 받은 상태라 별 상관은 없을 걸세."

나는 김혜선이라는 이름을 듣자마자 정수리에 피가 몰리면서 아뜩해진다. 어떻게 김장미의 본명을 알게 되었을까. 굳이 차명 계좌를 쓸 필요가 있냐고 반사적으로 물었다가 양 회장이 이제 김 과장만 믿네, 라는 말을 하자 말꼬리를 흐린다. 양 회장과 지점장은 할 말을 다했다는 듯이 연신 술잔을 기울인다. 내가 자리에 없기라도 하듯 송년회 뒤풀이 이야기로 이어간다. 단연 그녀 이야기다.

양 회장은 그녀를 데리고 모텔로 갔다. 그녀가 아침까지 울기만 했다. 시원하게 사연이라도 들어보자는 양 회장 말에 옛날에 버렸던 아들이 자기를 찾아왔다고 했다. 계속 울던 그녀가 양 회장에게 부탁했다. 자기를 때려달라고. 울음을 그칠 수 있도록 때려달라고. 너무나 간절해서 양 회장은 그녀의 뜻을 거절할 수 없었다. 양 회장은 태어나서 그녀처럼 모성이 지극한 여자는 처음 봤다면서 차명 계좌도 궁합이 맞아야 하는데 그녀와는 천상궁합 같으니 분명 대박을 터트릴 거라고, 자신 있게 예견한다. 어떤 의도로 그녀 이야기를 내 앞에서 꺼내는지 모르겠지만 계좌를 만들 수 있도록 완벽하게 서류 준비한 것을 보니, 양 회장의 말이 허풍은 아닌 모양이다. 양 회장은 돈만 잘 불려준다면 나뿐만 아니라 명의를 빌려준 그녀까지 수수료를 톡톡히 준다면서 생각에 잠겨있는 내게 술잔을 건넨다. 술잔을 받은 나는 그들에게 오늘 시간은 이미 예정되었을 거라는 생각에 뭔가 뒤통수를 맞은 것처럼 씁쓸해진다. 지점장은 이곳으로 오면서 양 회장과 동석했다. 양 회장이 내게 같이 타자고 했지만 지점장의 언질에 따라 사양하고 차를 가지고 와야 했다. 그들은 남아서 다른 이야기를 해야 할 것처럼 서로 눈빛을 교환한다. 나는 습관적으로 무릎에 손이 닿으면 부른 배를 어루만진다. 이번에는 누군가가 긴 바늘로 배 대신 쓰라린 눈알을 찔러줬으면 싶다. 양 회장이 피우는 담배 연기가 눈 속으로 들어오자 더욱 쑤신다. 시원하게 눈물을 쏟아내면 맑은 눈으로 세상을 볼 수 있을 것만 같다. 나는 고객과 약속이 있다며 일어나도 되냐고 양해를 구한다.

내가 H 증권사에 취직했을 때 아버지가 중형차를 선물해줬다. 좋은 차를 타야 돈이 잘 따를 거라는 이유였다. 종자돈으로 1억까지 맡겼다. 그것은 비단 나를 위한 것만은 아니었다. 내가 취직하자 기다렸다는 듯이 평소 왕래하던 젊은 아주머니와 결혼을 했다. 이미 아주머니 뱃속에 아버지의 아이가 있었다. 나를 위해서 미루고 미룬 결혼이었다. 중형차와 1억이라는 종자돈은 앞으로 있게 될, 의붓동생과의 재산 다툼을 미리 없애기 위해, 재산을 떼어준 것과 같았다. 고모에게도 일부 돈이 돌아갔다. 아버지는 다달이 월급 명목상 고모를 위해 저축을 해왔다. 고모는 전원주택에서 여생을 보낸다면서 퇴직금 명목으로 받은 돈을 가지고 집을 떠났다. 고모는 떠나기 전, 나를 처음 만난 날을 회상했다. 니네 아버지가 어떻게 한 줄 아니? 나는 반항적이어서 사춘기 때 가출했어. 그리고 업소에서 근무했지. 어느 날 너를 꼭 안은 오빠가 나를 찾아 온 거야. 나를 보자마자 내 앞에 무릎을 꿇고는 빌었지. 이 아이의 엄마가 되어주라고. 엄마 없이 자라게 할 수 없다고. 새로 아내를 맞이하기도 싫다고. 아버지와 고모는 계모 밑에서 자랐다. 아버지는 고모가 승낙하자 빚을 갚아주고 업소에서 빼내왔다. 고모는 아버지와 마찬가지로 충실하게 부모 역할을 하려고 노력했다. 눈물의 꽃 이외의 단 한마디도 어머니에 대한 이야기를 꺼내지 않았다. 하지만 내가 직장을 잡자마자 두 사람은 그동안 미뤄둔 숙제를 하듯 각자의 삶에 무섭도록 충실했다. 비로소 혼자 남았다는 것을 뼈저리게 느꼈다. 사춘기 소년처럼 '혼자' 와 '외롭다' 라는 단어에 집착했다. 앞으로의 직장 생활도 내게 찾아올 어떤 여인도 그저 신기루일 것 같았다. 누구든, 제 할 일만 다 하고 때가 되면 흔적 없이 사라져버릴 것 같았다.

나는 그동안 가족이라고 불렀던 무리에서 떨어져 나왔고 내 자신의 호주가 되었다. 의료보험 신청을 위해서 동사무소를 찾았다. 가족 관계 증빙서류를 떼어보다가 김혜선, 이라는 어머니가 소도시에서 아이들 셋과 살고 있다는 것을 알게 되었다. 모자보호대상자인 그녀를 동사무소에서 관리하고 있었다. 나는 망설이지 않고 김혜선이 살고 있는 지방 소도시로 발령 신청을 냈다. 그녀의 옆집에 살고 있는 노인에게 웃돈까지 얹어주면서 이사를 강요하다시피 했다. 내게 눈물의 꽃을 피우게 한, 순전히 김혜선이라는 여자가 궁금했다. 아버지나 고모에게는 알리지 않았다. 그들은 내 일을 더 이상 궁금해 하지 않을 것 같았고 알려서 신경 쓰이게 하고 싶지도 않았다.

사무실에 일찍 가봐야 한다는 말에 양 회장은 그의 운전기사에게 내 차를 운전하게 한다. 기사는 운전석에 앉자마자 썩은 냄새가 난다며 창문 좀 열어도

되냐고 묻는다. 나는 말없이 뒷좌석 시트에 뒤통수를
댄다. 시트에 머리를 대자 그녀의 미친 듯한 웃음소
리가 환청처럼 들린다. 병원 벤치에 애벌레처럼 말려
있던 그녀가 나를 뒤돌아봤을 때 더 이상 맞고 다니
는 그녀가 보고 싶지 않았다.

　나는 더듬거리면서 그녀에게 물었다. 우리, 결, 결
혼해요. 동그랗게 눈을 뜨던 그녀가 나를 잠깐 쳐다
보는가 싶더니 미친놈, 이라고 스타카토로 내질렀다.
그때부터 그녀가 실성한 사람처럼 웃었다. 나는 당황
한 기색 없이 더 또렷한 목소리로 한 번 더 물었다.
왜, 왜 안 되는데요, 같이 살 수 있잖아요? 내 목소리
가 커졌다. 숨넘어가듯 발악하던 그녀가 잠잠해지더
니 띄엄띄엄 말을 꺼냈다. 내 질문에 대한 답은 아니
었다. 사람은 말이야, 태어날 때부터 투명한 낙인이
이마에 찍혀있는 것 같아. 보이니? 내 이마에 찍힌 자
국? 너는 맞고 살 팔자다. 휴휴. 그래서 남자들이 나
를 사랑하게 되면 때리나 봐. 내 낙인을 제일 먼저 발
견한 사람은 첫 남편이었어. 그때는 내가 너무 어려
서 아이를 책임지는 게 무서웠어. 무조건 도망쳐 나
와야 했지. 이상하게도 후회도 원망도 하지 않아. 어
떡하든 살아가니깐. 총각처럼 말이야. 그 남자가 잘
못한 것이 아니라 내 이마에 찍힌 낙인 때문이라는

것을 아니깐. 그래서 네가 나를 때리더라도……. 그
녀가 또 미친 듯이 웃었다. 그녀의 입을 틀어막고 싶
어서 그녀에게 다가갔다. 그녀가 나를 위로의 대상으
로 삼았으면 싫었다. 고모처럼 나를 희생해도 상관없
을 것 같았다. 하지만 반대급부처럼, 어떤 티끌만큼
의 동정도 그녀에게 내어주고 싶지 않았다. 고모라는
존재도 어머니라는 존재도 애초부터 없었다면 이렇
게까지 허탈하지 않았을 테니깐 말이다.

그녀가 고개를 돌리려하자 그녀의 뒷목덜미 살을
잽싸게 움켜쥐었다. 그녀의 이마에 찍혔다던 낙인을
보고 싶지 않았다. 그녀가 머리를 흔들었다. 움켜쥔
손아귀에 힘을 주었다. 뼈마디가 우두둑 부러지는 소
리가 났다. 다른 손으로는 그녀의 뒤통수를 세차게
때렸다. 뒤통수가 흔들리고 코에서 나온 피가 사방으
로 튀었다. 핏자국은 내 외투에 점점이 박혀 빛났다.

휴대폰 진동음에 흠칫한다. 폴더를 열자마자 앳된
음성이 다급하게 뛰어든다. 삼촌, 삼촌, 엄마가 오늘
도 안 들어왔어요. 벌써 삼 일째에요. 최대한 부드러
운 목소리로 아이를 달랜다. 준비는 다 됐니? 여섯시
에 제주도로 가는 배를 탈거야. 다 챙겼지? 연신 물어
보는 아이들 질문에 일일이 답한다. 응. 엄마도 같이
갈 거야. 삼촌 차에 엄마가 있어. 이제 엄마가 부자 돼

서 새벽에 들어올 일은 없을 거야. 준비 다 하고 있어. 삼촌이 다섯시에 데리러 갈게. 응? 그래? 엄청나게 큰 배에 삼촌 승용차를 싣고 갈 거야. 그래……. 나는 아픈 눈을 달래기 위해 눈을 뜨지 않는다. 여자아이가 마지막으로 했던 말이 귓가에 맴돈다. 삼촌, 막내가 말이야, 엄마 없다고 엄마 옷 붙잡고 내내 울었어. 눈이 토끼눈처럼 빨개. 정말 그곳에 가면 엄마 볼 수 있지? 나는 정수리를 시트 자락에 쑤셔 박듯 밀어 넣는다. 기사가 뒤돌아보지만 상관하지 않는다. 암사마귀가 되어 트렁크 안에 돌돌 말려있는 수사마귀를 엉금엉금 머리부터 씹어 먹으면서 절정에 몸을 떨고 있는 나를 상상한다. 그녀의 가방을 뒤져서 거금의 생명보험증서 세 장을 찾아냈을 때도 그랬다. 병원에 입원할 때마다 보험금을 타 먹고 있었다. 수혜자 이름에 각각 김, 박, 최가 있었지만 아무리 훑어봐도 내 이름은 없었다. 서운하지 않았다. 내가 미성년자인 아이들의 법정 보호자가 될 수도 있으니깐 말이다.

양복재킷 속주머니에 넣어둔 안약을 꺼낸다. 깨진 유리알이 부딪치는 것처럼 눈알이 서걱거린다. 안약을 한 방울씩 떨어뜨리고는 눈알을 돌린다. 미처 흡수되지 못한 약물이 눈물처럼 두 볼을 타고 흘러내린다.

바카디 151

마지막 리큐르인 바카디151. 양이 적으면 발화하
지 않을 것이고 넘치면 불꽃과 열기로 잔이 깨질 것
이다. 나는 메이저 컵을 조심스럽게 기울인다. 아마
레또, 갈리아노, 카카오 화이트, 피치, 바카디151이
정확히 1온스씩 층을 이룬다. 몸통이 넓고 입구가 좁
은 튤립형 잔을 35도 각도로 기울인다. 재빠르게 라
이터 불을 잔 입구에 댔다가 뺀다. 바카디151이 연소
하면서 파란 불꽃을 일으킨다. 입속으로 열을 센다.
열을 다 셀 즈음 손바닥으로 잔 입구를 틀어막는다.
밀폐된 잔 속 산소를 불꽃이 태운다. 불꽃은 사그라
지고 열기만 가득 찬다. 열기가 달구어진 바늘이 되
어 손바닥을 아프게 찌르면서 빨아댄다. 손바닥에 달

라붙은 잔을 들어 올려 허공에 두어 번 원을 그린다. 각 층을 이룬 리큐르가 섞인다. 잔 입구와 밀착된 손바닥에 틈이 만들어진다. 틈이 벌어지자 공기청소기 같은 흡인력이 풀린다. 균형을 잃은 잔을 허둥거리며 테이블에 놓는다. 칵테일이 흘러내려 손바닥이 끈적거린다.

"……."

"멘트를 해야죠. 멘트. 매끄러운 멘트는 실책을 감추는 훌륭한 무기라는 것 정도는 휘성 씨도 잘 알잖아요."

"……파우스트를 마실 때에는 냄새를 맡지 마십시오."

"……."

다른 때와 달리 서가 신경질적으로 나를 흘깃거린다. 무슨 일이 있었던 것일까. 나는 말을 끝맺지 못하고 얼버무린다.

"냄새부터 맡으면……, 칵테일 맛이 떨어집니다. 고무 타는 냄새가 나기 때문입니다. 그래서 불꽃으로 사람 눈을 유혹한 다음……."

"그거 아세요? 휘성 씨는 교과서를 읽는 것처럼 딱딱하고 재미가 없어요. 알고 있는 사실에 다른 이야기들을 덧붙여 봐요. 예를 들면, 냄새부터 맡으면 악마와 거래하기 때문이에요, 라든가. 판도라가 왜 상자를 열었겠어요, 의심이 욕망을 자극했거든요, 라던가……."

"무, 무슨 말인지……."

"휘성 씨, 저는 약속이 있어서 먼저 일어납니다."

서는 코르덴 재킷을 걸치고는 출입구로 향한다. 비틀거리면서 걷더니 갑자기 뒤돌아선다. 긴장이 온몸을 관통한다.

"저, 무, 무슨 문제라도……."

"그, 그런데 말이죠. 누, 누군가가 밝, 밝게 빛나려면 다, 다른 누군가가 희, 희생되는 게 맞나요? 뭐, 뭐랄까, 균형을 위해서……. 그래서 하는 말인데……, 칵테일 맛을 살려주는 것은 불이 아니라 얼음이에요. 알고 있죠? 휘성 씨는, 화주에 너무 집착하지 말았으면 해요."

"……."

서가 나가고 나서도 한참 동안 출입구에서 눈을 떼지 못한다. 마지막 충고 같은 그의 말과 더듬거리던 말투가 생소하다. 취한 걸까. 서가 탄 엘리베이터 숫자가 1에 멈추자 서둘러서 문단속을 하고 조명등 조도를 한 단계 낮춘다. 서를 걱정할 만큼 여유롭지 않다. 리큐르 병들을 점검해야 한다. 눈에 띄게 양이

줄어들면 사장이 의심하게 된다. 거의 차이가 없어 보이자 안도의 한숨을 내쉰다. 벨 소리가 터진다. 사장한테 들킨 것처럼 간이 졸아든다. 소리의 진원지를 찾아 두리번거린다. 조금 전에 서가 재킷을 걸쳐놓았던 의자 밑에서 휴대폰을 줍는다.

한 달쯤 전인가. 서가 가게로 왔다. 그가 맞은편 건물에서 바를 운영한다는 사실을 몰랐을 때였다. 간혹 영업을 하는 사장들이 장사가 잘되는 가게를 찾아가서 어떤 손님들이 오는지, 음식 맛이 어떤지, 서비스가 어떻게 진행되는지를 알아본다고 했다. 유난히 손님이 많았던 그날, 초저녁에 사장이 사온 과일이 동났다. 사장 심부름으로 건너편 과일가게를 다녀와야 했다. 과일 봉지를 양손에 들고 승강기 버튼을 눌렀다. 문이 열리자 서가 나왔다. 습관적으로 조심히 들어가시라면서 구십도 각도로 허리를 굽혔다. 몇 걸음 지나쳐가던 서가 되돌아와서 물었다. 바텐더 해볼 생각 없나요? 있으면 휴대폰으로 연락 한번 주세요. 갑작스런 질문과 부드러운 목소리에 당황해서 고개를 들었다. 긴 갈색 웨이브 파마머리와 상큼한 콧날, 얇은 입술 가득 베어 문 미소에 괜스레 주눅부터 들었다. 서가 선뜻 대답하지 못하는 나를 이해하겠다는 듯, 청바지 호주머니에 명함을 꽂아주고 갔다. 그가 사라진 곳을 향해 오래도록 허리를 굽혔다. 다음날 두 시간 일찍 일어난 나는 의심 반 설렘 반으로 서에게 전화를 걸었다. 서는 선선한 목소리로 맞은편 건물 4층, O바로 오라는 말만 했다.

4차선 도로를 중심으로 구도심지와 신도심지로 나뉜다. 서가 말한 O바는 내가 일하는 N바가 있는 맞은편 건물이다. 단층 식당 건물이 다닥다닥 붙어 있는 그 도로변에서 O바 건물 층수가 제일 높다. 건물 뒤로 낡은 벽돌 주택들과 낮고 얼룩진 맨션 몇 동이 있다. 그와 반대로 N바는 지은 지 일 년도 안 된 7층 빌딩이다. 건물 뒤로 고층 아파트와 상가 건물, 근린공원이 들어서 있다.

서는 나를 보자마자 본론으로 들어갔다. 칵테일 만드는 기술을 가르쳐주겠어요. 대신 레시피 다섯 개와 VIP고객 한 사람 신상명세서와 바꾸기로 해요. 잠깐 망설였지만 곧이어 서처럼 뜸을 들이지 않고 제안했다. 개인교습도 포함되는 거죠? 그렇게 해서 한 달 동안 세 번 개인교습을 받았고 고객 명단 셋을 건넸다. 휴대폰 번호와 그 손님이 어떤 칵테일과 술을 마시는지 그리고 술을 마실 때 어떤 스타일의 바텐더에게 서브를 받아야 만족하는지 등을 세세하게 적어야

했다. 이것을 내게 주어진 과제라 생각했고 과제를
잘 하기 위해서는 '찜'한 손님들에게 곰살맞게 대할
필요가 있었다. 그동안 레시피 열다섯 개를 받았다.
영업이 끝나고 혼자 있는 시간이 되면 레시피에 적힌
대로 칵테일을 만들었다. 칵테일 만드는 방법이 그림
과 함께 자세하게 적혀있었다. 적힌 대로 조제했지만
제대로 됐는지, 감을 잡을 수 없었다. 완성된 칵테일
을 맛볼, 세부사항을 놓쳤을 때 지적해줄 전문가가
절실했다. 손맛이라고 해야 할까. 단계 단계를 넘어
갈 때의 틈이라고 해야 할까. 바텐더에 따라서 똑같
은 양과 재료를 사용해도 칵테일 맛이 달라지는 이유
가 분명히 있었다. 더군다나 오늘 같이 화주를 만들
어 낼 때, 혼자서는 감당할 수가 없었다. 간단한 '쇼'
가 가미됐기 때문이다. 서가 내 고충을 덜어주었다.

　불 꺼진 O바를 올려다본다. 휴대폰을 주운 뒤 곧
바로 거리로 달려나왔지만 서가 사라진 뒤였다. 이
시간에 휴대폰을 건네 주어야할지, 연락이 올 때까지
기다려야할지, 의문이기도 했지만 꼭 서가 O바로 갔
으리라는 보장도 없었다. 좀 전에 약속이 있다고 하
지 않던가. 더군다나 배터리가 다 되었는지 휴대폰
벨도 울리다 말았다. 담배 한 개비를 꺼내 불을 붙이

고 멍하니 도로변을 본다. 도로변에는 밤새 차체를 달구며 달렸을, 불법 주차된 차들이 열을 짓고 있다. 그 밑으로 쓰레기들이 바람이 부는 방향에 따라 몰려 다닌다. 백색 가로등과 앙상한 가로수들. 위로만 솟을 것 같은 빌딩과 아파트들. 찬바람이 쓸고 간 허공에 오롯이 빛나는 십자가, 찜질방, 모텔, N바 간판 네온사인……. 인공 조명등 사이로 내 얼굴만큼이나 누런빛이 고개를 내민다. 밤새 술주정에 시달려 피로에 젖었을, 보면 볼수록 한기와 허기가 느껴지는 빛이 7층 높이보다 더 길고 짙은 어둠을 맞은편 보도블록과 건물 쪽으로 몰아가고 있다. 점점이 퍼져가는 여명은 속도를 빨리한다. 콘크리트 빌딩 창문에 하나둘 불이 밝혀진다. 야광 조끼를 입은 청소부가 수레를 끌면서 쓰레기를 쓸고 간다. 쓰레기를 날리던 휑한 바람이 바로 지척, 바짓가랑이를 잡고 흔든다. 가로등이 점멸한 원룸촌 거리를 본다. 그 많은 방 중, 어느 곳에서 그녀가 곤히 자고 있을까.

나는 카드빚에 시달려 학교를 휴학했다. 군대 선배가 공사장에서 잡부로 일할 수 있게 해줬다. 울적한 기분에 휩싸였던 날, 담배 한 대를 피우면서 낙엽들이 쓸려가는 방향을 주시했다. 낙엽 위로 검은 비닐봉지가 떠올랐다. 바람이 불수록 비닐봉지는 쏠려가는 낙엽보다 더 높이 올라갔다. 담배는 타들어갔고 부풀어 오른 봉지는 중력을 잃은 듯했다. 『아메리카 뷰티』에서 리키가 카메라에 담았던 장면을 생각했다. 어디로 가야할지 모른다는 듯 허공을 맴돌던 쓸쓸함이 밀려왔다. 봉지가 움직이는 방향을 따라 카메라 앵글이 움직이듯 감정을 이입시켰다. 하루 일을 마쳤다는 만족한 피로감이 더욱 현실 밖으로 나를 밀어냈다. 처음 본 그녀도 환영인 줄 알았다. 그녀는 바스락거리는 소리도 내지 않고 검은 롱스커트를 바람에 날리면서 지나갔다. 음이 소거된 스크린화면 같았다. 그녀를 따라갔다. 모퉁이로 사라지자 조바심이 났다. 놓쳐서는 안 될 것 같았다. 다행히 나를 배려하는 것처럼 걸음을 늦추더니 N빌딩 안으로 들어갔다. 승강기 버튼을 누르는, 그녀의 옆모습을 훔쳐봤다. 승강기는 위로 솟구쳤고 7층에서 멈췄다. 입구에 붙어있는 안내간판을 훑었다. 7F 스카이라운지 N바. 승강기 외벽에 내 모습이 비치지만 않았다면 그녀를 따라 갔을 거였다. 외벽에는 땀과 먼지로 찌들어 있는 남자가 나를 보고 있었다. 돌아서려는데, 매직으로 굵직하게 써놓은 광고지가 눈에 들어왔다. 남자직원구합니다. N바.

한차례 몸을 떨며 도로변으로 꽁초를 날려 보낸다. 꽁초는 포물선을 그리면서 자취를 감춘다. N바 사장은 가게에서 잠을 잘 수 있는 직원을 원했다. 지금 나는, 잠잘 곳과 일자리가 있다. 바깥이 아닌 실내에서 일을 한다. 하지만 여전히 한기를 느낀다. 그녀를 훔쳐봐도 소용없을 때가 있다. 바텐더가 되고 싶지 않나요? 서가 우연히 던진 한마디는 불꽃처럼 다가왔다. 영업이 끝나면 도둑고양이처럼 몰래 칵테일을 만들고 맛을 봤다. 칵테일과 관련된 책을 사서 리큐르 종류를 외우고 부록처럼 그것에 얽힌 에피소드를 읽으면서 감탄사를 연발했다. 칵테일 도구와 기구들을 만져보고 이름을 외우면서 사용 방법을 시험하기도 했다. 가지각색의 잔 모양과 이름. 그 많은 잔 이름들을 외우느라 머리에 쥐가 날 정도였다. 혀뿐만 아니라 눈까지 호사를 누려야 하는 빌어먹을 감각의 사치! 괜스레 투정을 부렸지만 그것은 즐거운 고통이었다. 그것이 서가 던진 영업 미끼일지라도 그 열정을 놓치고 싶지 않았다. 잠자는 시간을 줄여서라도 조만간 메뉴판에 적힌 칵테일을 다 마스터할 생각이었다.

눈을 뜨자마자 휴대폰을 집어 든다. 다른 때 같았으면 휴대폰 전원을 꺼놓았겠지만 혹시 서한테 전화가 올까 싶어 그렇게 하지 못했다. 폴더를 열자 문자가 다섯 통 와 있다는 수신 메시지가 뜬다. 보나마다 뻔하다. 카드가 연체됐다는 메시지와 대부업체에서 날라 온 대출 가능 금액이 적힌 스팸 문자일 것이다. 시간만 겨우 확인한다. 1시 20분. 40분 일찍 일어났다. 누운 채로 담배에 불을 붙인다. 습관처럼 미루에게 전화를 한다. 전원이 꺼졌다는 기계음이 들린다. 다시 누른다. 담뱃재가 목 위로 떨어진다. 머리맡 어디 즈음에 재를 턴다. 다시 통화 버튼을 누른다. 필터 경계선까지 바투 태웠을 즈음 미루에게 전화건 횟수도 열 통쯤 된다. 전원이 꺼졌다는 똑같은 기계음만 열 번 듣는다. 씨부랄! 어제와 같은 상황, 어제와 같은 양의 분노가 밀려온다. 잠수타 봤자 거기서 거기지. 꼭 돈을 받고 말 거야. 그래 다른 방법이 있지. 미루가 사는 지방에 있는 C상호를 114에 물어본다. 전화번호가 안내되자 옳거니 잘됐다 싶다. 곧바로 연결한다. 묵직한 목소리를 가진 남자가 받는다. 미루 아버지가 분명하다. 나에 대해 간단히 소개한다. 아, 제가 누군가 하면요, 미루 옛 애인이었구요, 아니죠, 물주였답니다…….

분명히 미루가 내게 먼저 접근했다. 나는 복학한 뒤 학교 근처, 원룸을 얻었다. 외국에 나간 군대 선배

146

차를 내 차인 양 타고 다녔다. 어쩌면 외제차에 미루가 혹해서 나를 유혹한 게 아닐까. 한때 했던 의심이 사실로 드러난 게 싫어서 외면했다. 그녀는 나와 같은 학년이었지만 다섯 살이나 어렸다. 자그마한 키에 빼빼마른 체형이어서 육감적인 몸매에 환상을 가진 나의 로망은 아니었다. 복학생을 환영하는 술자리가 있었다. 미루는 내 옆에 앉았다. 2, 3차로 이어질수록 미루는 내게 장난삼아 자주 안겼다. 그날 우리는 함께 잤다. 미루는 일주일도 되지 않아 슈트케이스를 끌고 내가 살고 있는 원룸으로 들어왔다. 너무나 자연스러웠다. 요약하자면 미루의 특기는 딱 두 가지였다. 마른 몸이 마치 바싹 마른 장작인양 잠자리에서 활활 타올랐고 그만큼 질투가 심했다. 다른 후배 여자에게 조금이라도 눈길을 주면 어김없이 삐쳤고 아예 입을 다물어 버렸다. 처음에는 입을 열 방법을 몰라 쩔쩔맸다. 시간이 갈수록 아니, 그녀가 은밀하게 힌트를 준 덕분에 쉽게 화해하는 방법을 터득했다. 그것은 선물 공세였다. MP3, 노트북, 최신형 핸드폰……. 1년 동안 미루를 만나면서 거의 2천만 원 정도 카드를 긁었다. 수중에 있던 돈까지 쓴 걸 합하면 3천만 원은 훌쩍 넘을 거였다. 빚이 5백을 넘자 갚아야 할 돈에 무감각해졌다. 미루가 내 곁을 떠나지 않았다면 어쩌면 내 장기라도 팔아서 그녀가 사치하도록 도왔을 거였다. 한 학기를 남겨두고 휴학했다. 아르바이트를 하기 위해서였다. 내가 휴학한 것과 달리 미루는 정상적으로 졸업했고 타 도시 대학원에 진학했다. 그곳에서 다른 남자를 만난다는 소문을 들었다. 연체된 카드 회사에서 빚 독촉이 심했다. 원룸 보증금을 빼고 부모 몰래 휴학한 뒤 등록금으로 빚을 갚아도 잔금이 천오백이나 남았다. 잔금을 갚기 위해 공사장에서 잡부로 일해야 했다. 그때부터 미루는 내 전화를 피했다. 얼마 전부터는 아예 전원을 꺼놓았다.

"……당신 따님이 말입니다. 여우거든요. 남자 등골만 쏙 빼먹고 튀었지 뭡니까? 밥 먹고 모텔 가서 잠자고 여행한 것은 빼고요, 뭐, 물품 대금과 옷값으로 지불한 비용, 딱 일천만 원만 대신 갚아주십시오."

전화기 저편에서 욕지거리와 함께 이미 집 나간 딸년이라는 말만 되돌아온다. 나는 더욱 목청을 높인다.

"아버님, 진정하시구요. 지금 A 대학원에 진학한 걸로 아는데, 지금 쫓아갈까요? 가서 확 불어버릴까요? 저 비디오 테이프도 있습니다. 알아서 하십시오. 인터넷에 올려 버릴 수도 있으니까요. 아예 딸년 앞길 망칠 생각이라면 알아서 하십시오."

젊은 놈이 싸가지 없다는 말이 들린다. 폴더를 닫

아버린다. 더 이상 길게 통화할 가치가 없다. 급한 사람이 먼저 문을 두드린다고 하지 않던가. 조금만 기다리면 다시 전화가 올 것이다. 설령 내 전화번호를 알지 못하더라도 걱정하지 않는다. 딸 연락처를 모르는 부모가 어디 있겠는가. 미루는 내 번호를 너무나 잘 알고 있다. 그녀는 분명히 다른 휴대폰도 가지고 있을 것이다. 기존에 사용하던 전화번호를 없애버리면 내가 또 방방 뜰 것을 알기에, 없애지도 못하고 괴로운 척 전원만 꺼놓았을 것이다. 여우 같은 년!

　누워서 담배에 불을 붙인다. 그나저나 이러고 있을 수만은 없다. 어떻게 해서든 이번 달 카드 대금 250만 원을 갚아야 한다. 저번 달에는 갚을 수가 없었다. 그녀의 생일이었다. 내가 월급을 받은 날, 그녀가 말했다. 오빠, 나 내일 생일이야. 나보다 두 살 어린 그녀는 스스럼없이 나를 오빠라고 불렀다. 이곳 직장 체계로 따진다면 그녀는 나보다 한참 상사다. 일반 바텐더 다섯 명을 관리하고 사장이 자리를 비우면 사장역할을 하기도 한다. 나는 청소와 담배 심부름 등을 도맡아하는, 말단 직원이다. 사장과 나를 제외한 모든 직원이 여자라서 그나마 다행이다. 이런 나를 그녀가 유난히 챙긴다. 같은 시기에 들어와서일까. 석 달 전에, 그러니깐 내가 이곳에서 일하기 일주일 전에 사장이 그녀를 스카우트했다고 들었다.

능력 있고 더군다나 예쁜 그녀가 태어난 날…….
나는 한껏 목소리를 부드럽게 내면서 물었다. 그래?
뭐 먹고 싶은 거 있어? VIP′S에서 밥이나 먹을까요,
오빠? 다음날 우리는 점심 겸 저녁을 먹기 위해 식당
으로 향했다. 그녀 정도라면 근사하게 생일파티를 계
획했을 거라고 짐작했는데 나만 부른 것이 감격스러
웠다. 버스를 타고 시간에 맞춰 식당에 간 나와는 달
리 그녀는 딱정벌레처럼 생긴 노란 스포츠카를 주차
장에 파킹했다. 그녀가 말했다. 어렸을 적부터 내 차
를 갖고 싶었어요. 일하자마자 할부로 차를 사버렸어
요. 차 할부금과 보험료는 물론, 고장나면 수입차라
부품 값이 장난 아니에요. 그래서 월급 받으면 거의
쓸 게 없어요. 좋아하는 차니깐 불만은 없지만…….
폼생폼사하는 그녀였지만 그래도 좋았다. 식사하는
내내 그녀는 내 애인처럼 굴었고 내가 밥값을 지불하
자 스타벅스에서 커피를 사주겠다며 한사코 괜찮다
는 나를 데리고 갔다. 아메리카노 두 잔을 테크아웃
한 뒤, 거리로 나섰다. 그녀는 오른손 검지로 휴대폰
고리를 돌리다가 커피를 약간 흘렀다. 흘린 곳을 닦
다가 휴대폰을 떨어뜨렸다. 떨어진 휴대폰을 주워주
었다. 아주 낡은 거였다. 길거리에는 신규 오픈 휴대

폰 대리점에서 깜짝 커플 이벤트를 하고 있었다. 휴대폰 하나 사줄까? 물어보지 않을 수 없었다. 내가 그녀의 '오빠'였다. 그녀를 데리고 이벤트 중인 신규 대리점으로 들어갔다. 마음에 든 걸 고르라고 했다. 주머니 속에는 어제 받은 월급이 몽땅 들어 있었다. 다음날 카드 결제를 하고 한 달 동안 사용한 통신요금과 담배 값을 지불하면 딱 맞을 돈이었다. 그녀는 최신식 휴대폰을 골랐다. 두말없이 현금 80만 원을 지불했다. 대리점에서 나올 때 그녀가 스스럼없이 팔짱을 끼면서 살며시 내 어깨에 머리를 기댔다. 대리점 직원들이 부러워하며 잘 가라는 인사를 했다. 내가 사준 휴대폰을 항상 가지고 다닐 것이고 어떤 전화든 그 폰을 통해서 받기 때문에 나를 늘 생각할 거였다. 가슴이 뿌듯했다. 출근시간에 맞춰 가게로 갈 때는 올 때와 마찬가지로 나는 버스를 타야했다. 누가 보면 오해할 수 있으니 따로 가는 게 좋겠다고 그녀가 말했다. 그렇지 않아도 사장은 유난히 까다롭게 바텐더들을 교육시켰다. 그는 바텐더들이 개성적이기보다는 가게의 일부처럼 행동하기를 원했다. 튀지 말 것. 손님과 적당한 관계를 유지할 것. 손님들 전화번호 따지도 밖에서 따로 만나지도 말 것. 술을 권하면 마시는 척 한 뒤, 바 아래로 내려놓을 것 등. 심지어는 손톱 검사까지 했다. 매니큐어를 칠하면 질색했다. 손에도 얼굴만큼이나 표정이 있다고 말했다. 손으로 모든 것을 서브하니 그럴 만도 했다. 이렇게 까다로운 사장 밑에 있는 직원이 같은 차로 출근하면 달가워하지 않을 것이 뻔했다. 무엇보다도 그녀는 N바의 꽃이었다. 꽃은 양주 손님한테 가서만 피었다. '독수리'가 매일 출근하다시피 하는 것도 꽃 때문이었다. 재일교포인 그는 아버지가 재산을 다 물려주지 않는다는 유언장을 보고 삭발했다고 했다. 날렵한 두상이 날카롭고 신경질적으로 보였지만 부리부리한 눈빛 때문에 독수리가 연상되었다. 돈 씀씀이는 가히 새의 황제다웠다. 하루에 바텐더들 팁까지 거뜬히 2~30만원은 쓰고 가니 자연스레 그를 독수리라고 부르지 않을 수 없었다. 그가 뜨면 모든 직원들이 긴장했고 또 좋아했다. 그는 그녀만 찾았다. 겉으로 드러낼 수 없었지만 내가 제일 신경 쓰는 인물이기도 했다. 젊은 나이에 어디서 저런 돈이 났을까, 라는 부러움은 기본이었다. 일본에 갔다 왔다면서 그녀에게 선물을 내놓을 때는 입이 쩍 벌어졌다. 첫 번째로 서에게 건넨 고객 명단도 독수리였다. 그가 없어졌으면, 아니 그녀 앞에서 사라져버렸으면……. 그녀 때문에 나는 미루에게 냉정할 수 있었다. 그 전까지는 보고 싶다, 한 번 내려와라, 라는 말을 목구멍으로 삼키면서 밥 잘 먹고 다니냐, 공부 잘 하냐, 라고 안부 묻는 것이 고작이었다. 목소리라도 들을 수 있으니 그나마 다행이었다. 이제는 달랐다. 미루에게 돈을 갚으라고 윽박질렀다. 미루도 돌변한 내게 버럭 화를 냈다. 쪼잔한 놈이라고. 나도 하지 말아야할 말을 했다. 나를 울궈먹고 가더니 딴 놈한테 붙었다며? 그놈은 돈이 많으냐? 돈 떨어지면 또 찰 거지? 그리고 내가 사준 물건 다 택배로 보내! 미루는 전화를 끊었고 자존심을 살리려고 했는지 속옷을 갈기갈기 찢어서 예전에 살던 원룸으로 보냈다. 택배기사가 휴대폰으로 전화를 해서 그곳까지 택시를 타고 가 물건을 찾아와야 했다. 그 뒤, 계속 미루에게 돈을 갚으라고 협박했다. 미루는 전원을 꺼버렸다.

담배를 다 태우고 일어난다. 서의 휴대폰도 돌려주어야하지만 그것보다 더 서에게 돈 좀 빌렸으면 싶다. 정 안 되면 사장한테 한 달 치 월급을 가불해 달라고 할까. 카드가 정지당하면 안 된다. 그녀가 언제 밥이나 술을 사달라고 할지 모른다. 항상 준비를 하고 있어야 한다.

창공에 걸린 해가 N바 건물 외벽에 빛을 반사시킨다. 4차선 도로 주변은 사람들로 북적거린다. SK 휴대폰 대리점, 파리바게트, 스타벅스, 김밥나라와 세븐 일레븐……. 신규 상점들이 일층을 점령한 신도로 주변보다 맞은편이 번잡하다. 다닥다닥 붙어있는 1층 식당가에 손님들이 드나들고 보도블록에는 행상인들이 진을 치고 있다. 발 디딜 틈이 없다. 과일 가게 아줌마와 두부, 도토리묵을 탁자에 올려놓고 파는 할머니 사이에 있는 포장마차로 간다. 아침 겸 점심으로 오뎅과 떡볶이를 시킨다. 반갑게 맞아주는 아줌마에게 O바 사장 보지 못했냐고 능청스럽게 묻는다.

O바 건물 입구에서 오랫동안 장사를 한 아줌마는 N바와 O바가 경쟁관계라는 것을 안다. 내 질문에 왜? 사장이 묻고 오라든? 이라고 비꼬면서도 흔쾌히 대답해준다. 더군다나 내가 군대 간 아들 같다면서 삶은 달걀 한 개를 덤으로 얹어주는 인심을 쓰기도 한다.

"아직 몰랐어?"

"뭘요?"

"며칠 째 문 열지 않았어. 가게를 넘겼다고 하던데……."

나는 오뎅을 입속으로 한꺼번에 몰아넣고 O바로 뛴다. 가까스로 4층까지 올라갔지만 문이 닫혀 있다. 새벽에 봤던 대로 신문이 문틈에 끼어 있다. 힘없이

승강기 버튼을 누른다. 문이 열리자 어깨들 세 명이
빠져 나온다. 한 명은 승강기 안에서 오픈 버튼을 누
르고 있다. 비상구로 내려갈까. 그러면 내 몰골이 이
상하게 비치겠지. 혹시나 나를 의심하면 곤란하지 않
은가. 망설인다. 나와 달리 그들은 출입문을 잡고 흔
든다. 욕지거리를 뱉으면서 휴대폰을 누른다. 서에게
전화하는 거라면 잘못 짚은 거다. 전원 꺼진 휴대폰
이 내게 있다. 서의 물건을 가지고 있다는 생각이 미
치자 불안해진다. 어쩔 수 없이 어깨들 틈에 끼어 아
래로 내려가는 중에도 숨이 막혀 죽을 지경이다. 그
들은 큰 덩치만큼이나 목소리도 우렁차다. 옆 사람을
전혀 배려하지 않는다. 욕설을 함부로 지껄인다. 승
강기 밖으로 빠져나가려하자 그들 중 한 명이 나를
붙든다. 참 너는 뭣 하러 4층에 왔냐? ……신문 값,
값 받으려고 가, 갔는데요, 신문 값……. 문틈 사이로
신문이 없었다면 큰일 날 뻔했다. 그들이 거리로 나
서자 한숨을 쉬고 일층 슈퍼로 들어간다. 담배도 사
야하지만 도통 서가 어떤 처지에 놓였는지, 갈피를
잡을 수 없다. 대강 어깨들이 한 말을 요약하면 건물
주가 부도를 냈다, 서가 사채를 빌렸다, 오늘이 원금
과 이자를 갚아야하는 날이다, 그런데 감감무소식이
다, 가게 보증금을 담보로 잡았는데 건물이 경매로

넘어가서 어렵게 됐다, 그래서 어깨들이 혈안이 되어 서의 행방을 찾고 있다……. 나도 어깨들만큼이나 서가 돌아왔으면 싶다. 그렇지 않으면 앞으로 만들어야 할 레시피 목록이 사라져버리지 않은가.

일찍 출근한 사장이 허둥지둥 들어오는 나를 본다. 각기 다른 방향을 가리키는 사팔뜨기 눈동자만큼이나 그의 속내를 짐작하기 어렵다. 나는 그의 오른쪽 눈을 본 다음 오른손에 시선을 고정시킨다. 손전등이 있는지 확인한다. 다행히 없다. 변명처럼 둘러 댄다.

"배가 아파서 약국에 갔다 오느라 조금 늦었습니다. 심부름 시킬 일이라도……."

출근시간이 6시다. 10분 경과했다. 새벽에 청소를 했기 때문에 저녁에 특별히 할 일이 없다. 프론트 바나 홀 테이블 먼지를 닦고 배달된 주류를 냉장고에 정리하면 된다. 사장은 내가 하는 일에 뭐든지 트집 잡고 싶은 모양이다. 3개월 일하면서 그런 경우를 몇 번 당했다. 사장 기분에 좌우되기 때문에 늘 돌발 상황을 준비해야한다. 그는 주로 청소 상태로 트집을 잡았다. 유난히 '청결'을 강조했다. 7층 영업장뿐만 아니라 승강기와 건물을 빠져나가는 보도블록까지 청소해야 한다고 했다. 며칠 전에는 보도블록 토사물까지 치웠다. 불평을 하자 그 다음 날 손전등을 가지고 왔다. 초점이 맞지 않은 눈으로 몇 초간 나를 흘겨보더니 실내 전등 스위치를 모두 내렸다. 손전등이 유일한 불빛이었다. 그 빛이 프론트 바를 비추었다. 빛줄기 속에서 더욱 존재감을 드러내는, 먼지와 얼룩……. 닦고 닦았지만 더러웠다. 어둠이라는 것? 더러움을 감추기에 안성맞춤이라고 생각했는데 그게 아니었다. 어둠 속의 한줄기 빛이 더러움을 확대시켰다. 사장은 손전등 하나로 앞으로 내가 할 불평까지 잠재워버린 셈이었다.

사장이 입을 연다.

"세콤도 작동시키지 않고 나가면 되겠냐? 생각해봐. 내가 왜 가게에서 잠을 잘 수 있는 직원을 뽑았을까. 진열장에 있는 양주, 대체 얼마치라고 생각하냐? 몇 천만 원이 훌쩍 넘어. 내가 말했지. 막 오픈했을 때 인테리어하고 술을 들여놓은 뒤, 잠깐 자리를 비운 사이에 몽땅 도둑맞았다고. 그래서 그때부터 가게에서 잠을 잤다고. 실은 누가 훔쳐갔는지 짐작이 가. 하지만 심증은 있는데 물증이 없잖아. 맞은편 가게가 잘 되면 얼마나 배가 아프겠냐. 가게를 비우면 되겠냐? 잠깐 나가더라도 경보시스템을 작동시키고 가라

고 했잖아. 그게 바로 내가 화를 내는 이유야……. 그
런데 밥은 먹었고?"

어리둥절하다. 나를 혼내는 것은 확실하나 말투가
그렇지 않다. 더군다나 밥까지 먹었냐고 묻는다. 총
맞은 거 아니야? 슬슬 사장 눈치를 살핀다. 사장이 양
주가 비싸다, 는 것을 강조할 때면 목까지 숨이 막힌
다. 비싼 양주를 칵테일 베이스로 조금씩 훔치고 있
다. 사장 몰래 훔치는 술들. 그것들이 나를 성실한 종
업원으로 만든다. 그 빚을 갚고자 좀 더 열심히 청소
하고 사장 말에 더 복종한다. 그녀를 보는 것이 첫째
목표지만 내가 일을 그만두지 않은 이유이기도 하다.
나는 손전등 빛줄기에 얼룩과 먼지가 일렁이는 그 너
머로 투명하리만치 아름다운 리큐르 색깔들을 보았
다. 아름다운 외형뿐만 아니라 투명한 병 속에서 자
신만의 빛깔로 출렁이고 있었다. 그 액체들을 섞고
섞어서 나만의 색깔과 맛으로 재탄생시킨다는 희열
을 어디에서 맛볼 수 있으랴. 희열을 맛볼 때에야 비
로소 나인 것 같았다. 그녀를 사랑하는 것만큼 내 욕
망도 사랑했다. 지금껏 애써 일궈놓은 사장의 신뢰,
잠을 잘 수 있는 방, 손님이 키핑한 술을 한두 잔 따
라 낼 수 있는 능력……. 이런 것들을 놓치고 싶지 않
다. 내겐 시간이 필요하다. 나의 바카디151이 완성되

면 당당히 그녀가 보는 앞에서 바텐더로 신분상승을 요구할 것이다. 그때 사장 표정은 어떨까.

"죄송해요, 다음부터 늦지 않겠습니다. 아니 가게를 절대 비우지 않겠습니다."

"뭐해, 그러고만 있지 말고 어서 배달된 맥주를 정리해야지. 마른 행주로 병 입구를 깨끗이 닦는 것 잊지 말고. 알았지?"

"저……."

사장이 흘겨보자 하려던 말을 삼킨다. 상황이 좋지 않다. 한 달 치 월급을 당겨주라고 말하느니 미루부모를 더 볶자. 술 박스 쪽으로 부지런히 움직인다. 바텐더들이 출근하기 7시 전까지 모든 준비를 완벽하게 해야 한다. 이른 시간에 손님이 올 수도 있다. 출입구에 있는 코로나 박스를 든다. 술병이 부딪치는 소리를 들으면서 주방에 있는 음료 냉장고 옆에 둔다. 사장은 내가 하는 양을 보더니 창가로 걸어간다. 바로 O바가 내려다보이는 지점이다. 자주 사장은 그곳에 서 있었다. O바를 경락한 사람이 N바 사장이라는 포장마차 아줌마 말이 귓가에 맴돈다.

석 달 전부터 O바 사장은 정신이 빠진 사람 같았다고 했다. N바로 손님이 몰린 이유도 있었지만 그곳에서 같이 일했던 애인이 떠났다고 했다. 한 달 전 서

가 이곳에 온 것은 경락한 사장과 합의하기 위해서
도, 나를 이용해서 사업을 재기하려고 했던 것도 아
닐 거였다. 서의 애인, 그러니깐 내가 사랑하는 그녀
의 흔적을 찾기 위해서가 아니었을까. 포장마차 아줌
마가 말한 서의 애인 인상착의는 그녀와 일치했다.

"어여, 저 미친놈 아니야?"

목석처럼 서 있던 사장이 손가락질까지 하면서 외
친다. 술 박스를 든 채 사장 옆으로 뛰어간다. 맞은
편 도로에 경광등을 밝힌 경찰차와 구급차가 보인다.
제복 입은 구급대원들과 섞여 덩치 큰 어깨들까지 있
다. 먼 거리지만 그들이 나를 알아볼까 두렵다. 경찰
들이 건물 입구를 폴리스 테이프로 두르고 있다. 앰
뷸런스 옆에는 하얀 천이 덮인 들것이 있다. 본능적
으로 4층을 올려다본다. 간판불은 들어오지 않았지만
실내등은 켜져 있다. 턱, 하니 가슴이 막힌다. 설
마⋯⋯. 출입문이 열린다. 사장과 나는 입을 벌린 채,
동시에 출입구로 얼굴을 돌린다. 하얀 들것이 각막에
서 지워지지 않은 그 한가운데에 독수리가 서 있다.

입속으로 하나, 둘, 셋⋯⋯, 10초를 센다. 한순간
몸을 일으켰던 불꽃이 차츰 시들해지자 손바닥으로
잔 입구를 막는다. 손바닥에 달라붙은 잔을 허공에

들어올린다. 과일 안주를 내오던 사장이 흠흠, 헛기침을 한다. 사장은 늘 손님이 왕이다, 라고 잔소리를 했다. 양주를 마시는 손님은 왕 중에 왕이라고 했다. 레미마르땡XO가 독수리 앞에 있다. 그 전에 독수리는 속을 활활 태울 수 있는 칵테일을 달라고 했다. 아마 들것에 실려 가는 사체를 봤기 때문일 것이다. 사장은 어떤 경우라도 VIP 손님의 청을 거절하지 못했다. 각기 다른 방향으로 눈동자를 굴리다가 그녀에게 전화를 했다. 일찍 나올 수 있냐고 정중히 물었다. 그녀가 아무리 빨리 도착한다 해도 독수리의 타는 속만큼은 빠르지 않을 것이다. 기다림과 거절을 당해보지 않은 사람은 시간 배려가 없다는 것을 사장도 알고 있을 테니깐. 사장이 눈동자를 빠르게 굴렸다. 제가한번 만들어 볼까요? 미심쩍은 눈으로 나를 흘겨봤지만 곧 승낙했다. 독수리한테는 칵테일을 시원하게 서비스로 드린다고 큰소리까지 쳤다. 서비스로 나가는 김 안주까지 아끼던 인물이 말이다. 나는 독수리와 사장이 지켜보는 가운데 손바닥에 달라붙은 잔을 들고 허공에 두어 번 원을 그린다. 잔이 손바닥에서 떨어지기 직전, 바 테이블에 올려놓는다. 잔은 바카디 151이 타면서 발생한 열기로 알맞게 달구어져 있다.

"파우스트를 마실 때에는 냄새를 맡지 마세요. 냄

새부터 맡으면 악마와 거래하게 됩니다. 판도라가 상자를 열듯이……. 자, 열정적인 악마의 칵테일로 속을 한번 태워보세요."

"아니, 언제 이렇게 배웠냐? 허허허……."

표정 없는 독수리와 달리 사장은 큰소리로 웃으면서 내게 묻는다. 뭔가 어색했는지 재빨리 독수리 눈치를 살핀다. 맛을 보던 독수리가 미소를 지으면서 고개를 끄덕이자 그제야 사장은 웃음을 참지 못하고 말한다. 휘성아, 이제 칵테일 배워도 되겠다. 메인한테 말해둘게. 나는 눈을 휘둥그렇게 뜨고 사장을 본다. 사장은 독수리를 보고 있다.

"실은 어제 술을 마시면서 휴대폰을 흘렸는데, 이곳이 아닌가 싶어서 말입니다. 제 모든 연락처가 다 들어있거든요. 얼마 전부터 이상한 전화가 걸려 와서 번호와 기계를 바꾸려고 하지만 그 전에 그 폰을 찾고 싶어요. 저장된 사진들이 많아서……."

독수리는 말을 하면서 얼굴을 붉힌다. 사장이 나를 본다. 나는 시치미를 떼고 고개를 젓는다. 서의 것이 아니라 독수리 거였나? 잠깐 실례하겠다고 말한다. 마침 문자가 왔는지 삑삑, 거린다. 미안한 표정을 지으면서 주방으로 줄행랑친다. 문자는 미루가 보낸 거다. 약발이 받은 모양이다. 몇 마디 욕설과 함께 천만 원은 너무 많아 오백만 원으로 하자, 라고 찍혀 있다. 살짝 입술을 비틀고는 오백만 원은 너무 적어 칠백은 보내라, 라고 답신한다. 계좌번호까지 적어준다. 화장지를 양껏 뽑은 뒤 독수리의 휴대폰을 돌돌만다. 괜히 가지고 다녔다가 들키면 머리만 아프다. 돌려주기 전에 궁금한 게 있다. 얼굴을 붉힐 정도로 소중한 사진들이 뭘까. 화장지로 감싼 휴대폰을 검은 봉투에 넣고 봉한 다음 휴지통 맨 밑바닥에 넣어둔다. 주방을 청소할 사람은 나밖에 없다. 손을 씻으면서 즐거운 상상을 한다. 미루가 칠백을 입금하면 250만 원 카드 대금을 갚고 그 나머지 돈으로 그녀와 여행이나 갈까. 호랑이도 제 말하면 온다더니 일찍 출근한 그녀가 독수리한테 아는 체하는 목소리가 들린다. 그녀와 같은 날짜에 이틀 정도 빠질 수 있을까……. 오빠, 나 오늘 생일인 거 어떻게 알았어? 알았으니 초저녁부터 이곳에 온 거 아니야? 생일이었어? 뭐 사줄까, 차 할부금은 다 갚아줬으니, 타이어나 바꿔줄까……. 그녀의 간질거리는 웃음소리가 들린다. 내가 있다는 것을 알고 있을까. 아니면 일부러 그러는 걸까. 실연과 사업 실패, 하얀 천이 덮인 들것, 새벽녘, 서가 더듬거리면서 했던 말들이 하수구 속으로 빨려 들어간다. 누, 누군가가 밝, 밝게 빛나려면

다, 다른 누군가가 희, 희생되는 게 맞나요? 뭐, 뭐랄
까, 균형을 위해서⋯⋯. 제기랄! 주방문을 닫는다. 호
주머니에 있는 담배를 만지작거린다. 미루에게 다시
문자를 보낸다. 씨팔년천만원다보내그렇지않으면학
교로쫓아갈거니깐그렇게알아. 제 몸을 다 태우고도
고무 타는 냄새만 풍기는 바카디151. 싫다! 환풍기를
돌린다. 어디선지 모를 찬바람이 바짓가랑이를 붙든
다. 오소소 소름이 돋는다.

승강기

구급차에서 내리는 남자가 보인다. 햇볕을 등진 그의 윤곽이 들것을 들고 응급실로 사라지는가 싶더니 어느 사이 휴게실 유리문 뒤에 서 있다. 문틀에 머리가 닿을 정도로 큰 키에 덥수룩한 머리카락, 주검처럼 흙빛 얼굴에 뾰족한 턱, 긴 팔, 큼지막한 손, 가슴을 풀어헤친 낡은 카키색 셔츠, 불편해 보이는 꽉 끼는 색 바란 청바지. 언뜻 보면 정신 나간 모습처럼 보여도 흐트러진 그의 모습을 나는 좋아한다. 남자는 북적거리는 사람들 속에서 나를 알아보았다는 것을 전해주고 싶은지 입을 크게 벌려 웃는다. 하지만 그의 웃음에 답할 수가 없다. 혼자 있는 게 아니다. J의 어머니를 배웅 중이다. 그녀가 남자와 어떤 사이냐고 물어볼까 두렵다. 만약 그런 질문을 받는다면 무조건 시치미를 뗄 작정이다. J의 어머니는 매점 앞에서 내과 과장과 이야기 하느라 나를 돌아볼 겨를이 없다. 나는 남자의 시선을 피해 J의 어머니를 곁눈질하고 주춤거리면서 뒤로 물러선다. 당황한 나를 의심쩍어 하던 남자는 내 시선을 따라 J의 어머니를 발견한다. 남자는 곧바로 차렷 자세를 취한다. 풀어헤친 낡은 카키색 셔츠 단추를 채운다. 나를 향해선지 아니면 J의 어머니를 향해서인지 모를 방향으로 성큼성큼 걸어온다. 남자의 눈에서 발하던 광채란. 결코 남자를 만나면서 보지 못했던 눈빛이다. 남자가 가까이 다가오자 열린 승강기 안으로 도망치듯 들어간다.

……3, 2, 1. 승강기 문이 열리자 새벽 두 시의 휴게실 내부가 드러난다. 셔터 내린 매점과 주황색 플라스틱 의자들. 북적거리던 낮과 달리 스산함과 고요함이 짙게 내려앉아 있다. 휴게실 안에는 오늘따라 담배를 피우는 보호자도 없다. 승강기 문이 다시 닫히고 한 평 정도 금속 상자 안에 다시 쇳소리가 가득 찬다. B2 버튼을 연달아 누른다. 일부러 1층 휴게실 버튼을 눌렀다. 21층 사람 중 누군가가 병원장님 며느리가 새벽 두 시에 승강기를 타고 지하 2층까지 간다고 말을

할 수도 있었다. 그런 빌미를 주지 않기 위해서는 휴게실에서 내린 척 해야 한다. 나도 모르게 상기된 얼굴을 승강기 벽에 비춰본다. 천장에 매달린 조명등에 가까이 갈수록 무표정한 이목구비가 또렷하게 반사된다. 얼굴을 짓뭉개듯 벽 가까이 들이댔다가 재빨리 뒤돌아선다. 뒤돌아서도 얼굴이 보이기는 마찬가지다. 사면 벽에 내 영정사진이 박혀 있다. 찬송가와 기도소리가 멀리서 울리는 것 같다. 바람소리일 거라고 생각하면서도 불안한 마음을 억누를 수 없다.

나는 매일 아침, 찬송가와 기도소리를 듣는다. 유복한 노인들이 점령한 특실 21층. 그곳은 공중 무덤이다. 8시 30분에 하얀 가운자락을 스치며 왕진 오는 의사들과 간호사들. 피를 뽑는 주사바늘과 한숨 같은 혈압 재는 소리. 소독약 냄새. 피나 고름이 묻은 붕대. 하루 세 번 배달되는 병원 밥과 한두 숟갈 뜨다 말고 되돌려지는 식판. 약봉지. 정장 입은 위문객들. 검버섯 피고 멍한 눈빛을 가진 노인 환자들의 느릿한 걸음걸이. 그들 뒤를 밟는 그림자 같은 간병인들. 상속 문제로 속삭이듯 다투는 보호자들. 응급치료가 끝난 뒤 시간을 보내는 게 최고의 치료인양 담담하게 누워있는 J. J를 말없이 바라보는 나. 그리고 수면……. 나를 숨 막히게 짓누르는 무게의 중량은 J의 침묵이었다. 병원생활이 길어질수록 침묵의 더께가 한 꺼풀씩 덧씌워져 내 목을 졸랐다. 숨이 막혔다. 숨통을 트기 위해서 남자를 만나야 했다. 오늘은 그가 먼저 새벽 두 시에 만나자고 문자를 보내왔다.

승강기가 열리자 클로로포름 냄새와 섞인 냉기가 나를 먼저 반긴다. 그 냉기는 휴게실에서 언뜻 본 남자의 눈빛을 떠올리게 한다. 그 눈빛의 의미는 뭘까. 남자가 J의 어머니와 나의 관계를 알고 있을까. 고개를 들어 '장례식장 입구'라고 적힌 붉은 간판을 본다. 그곳으로 걸어가기 전, 마지막 흔적을 없애려는 듯 10층 버튼을 누르고 승강기를 올려 보낸다. 빈 승강기는 더께를 벗듯 스르륵, 몸부림치면서 올라간다.

아침 식사를 막 끝내자 출장 이발사가 병실에 들어온다. 단정히 하고 있으라는 J 아버지의 지시에 따라 그는 이발을 해야 한다. 이발사가 머리맡 침대 창살 사이로 J의 머리를 조심스럽게 뺀다. 입원한 지 3개월이 지났지만 J의 뼈는 좀처럼 붙지 않는다. 의사가 골절된 양쪽 골반뼈를 정확히 고정시키기 위해서 J의 무릎에 구멍을 뚫었다. 그 구멍에 15파운드 추를 매달았다. 나는 이발사의 지시대로 추를 제거한다.

J의 머리를 한 손으로 받친 이발사가 전기 이발기

를 작동시킨다. J는 눈을 감고 하얗고 긴 손을 가슴에
모은다. 드르륵, 소리와 함께 그의 머리카락이 신문
지 위로 떨어진다. 나는 햇살을 가리지 않기 위해서
창문 옆으로 비켜선다. 햇빛이 J의 핏기 없는 넓은 이
마와 둥그런 턱 선을 비추자 그가 미간을 찌푸린다.
누군가 병실 문을 노크한다. 문을 열자 화분을 든 택
배회사 직원이 서 있다. '변호사 K'라고 적힌 리본이
난 잎 사이에서 하늘거린다. 난 화분을 이른 아침 D
시 화랑 대표도 보내왔다. 어제 D대학 학과장 이름으
로 보낸 장미꽃 바구니가 히터 위에 있다. 병실 한쪽
에 배달된 화분들이 나란히 놓여있다. 시장과 시의원
등 명함 박힌 리본이 보기 좋게 하늘거린다. J의 아버
지는 화분을 환자만큼 잘 관리하라고 했다. 아침에도
로터리클럽 회원인 변호사 K가 방문할 거라면서 병
문안 오는 손님들을 허술하게 대하지 말라고 당부했
다. 병원 원장이자 앞으로 시의원에 당선될 당신의
며느리답게 몸가짐을 잘하라는 질책 같은 당부도 잊
지 않았다. 내 일과는 화분에 물을 주고 잎 먼지를 닦
아내는 것부터 시작되었다. 변호사 K가 보낸 화분을
눈에 제일 잘 띄는 J의 머리맡에 둔다.

이발사는 J의 머리에 비누칠을 하고 바가지로 물
을 붓는다. 이발사의 손놀림은 조심을 넘어 도를 닦

는 수도승 같다. 처음 J를 이발하던 날, 그는 카펫에 물을 흘렸고 그것을 본 J의 어머니는 이발료를 천 번 받아도 사지 못할 카펫이라면서 사정없이 그를 다그쳤다.

J의 어머니는 병실 안에 먼지가 날릴까, 발소리가 들릴까, 걱정하면서 병실을 온실처럼 꾸몄다. J의 방과 최대한 같은 분위기를 내려고 신경을 썼다. 그의 방에 있던 그림도 갖다 걸었다. 모사가가 그린 클림트의 「키스」다. 모사품이지만 웬만한 진품 가격 못지않게 비쌌다며 진짜를 갖지 못한 자신을 스스로 위안하던 J였다.

이발사는 떨어진 머리카락을 신문지와 함께 조심스럽게 돌돌 만다. 들고 왔던 검은 가방 속으로 도로 넣는다. 괜찮다, 라는 내 말을 듣고도 그렇게 한다. 카펫 위에 깔았던 비닐을 말끔히 걷고 나서야 내가 지불한 이발료를 받고 나간다.

J를 간호하면서 그동안 지불한 잡비는 고스란히 내 호주머니에서 나갔다. 직장을 다닐 수 없기 때문에 적금을 해약했다. J의 어머니는 입원하고 얼마동안은 극성맞게 드나들더니 시간이 갈수록 횟수가 뜸해졌다. 모든 간호를 내게 일임한 듯했다. 그렇다고 간병인 일당을 주는 것도 아니다. 문병 온 사람들이

봉투를 J에게 건네지만 그는 도통 돈에 관심을 보이지 않았다. 금액 확인도 하지 않고 서랍 속에 넣었다. 어제처럼 J의 어머니가 봉투를 확인하고 방명록에 이름과 금액을 적고 챙겨갈 뿐이다. J는 한 끼 식사와 술을 사기 위해서 자신의 그림을 헐값에 파는 화가를 자신의 작품을 아끼지 않은 사람이라고 비웃곤 했다. 더군다나 병원비를 내는 것도 아닌데 적금까지 해약하는 나를 이해하지 못할 것이다. 내가 가난하다는 것을 알지만 가난 때문에 어떤 부분이 살면서 불편한지 그는 알 기회가 없었다.

15파운드 추를 다시 달고 침대를 45도 각도로 올린다. 더 올리면 골반 뼈에 무리가 간다고 했다. J의 무릎에 수건을 깔고 치약 묻은 칫솔을 건넨다. 말은 없지만 상체를 세우는 게 힘이 든 모양인지 얼굴을 붉힌다. 더운물이 담긴 컵을 주고 뱉을 그릇을 내밀고 그는 물을 입에 담고 뱉고……. 나는 물 묻은 수건으로 J의 얼굴과 목과 손을 닦아준다. 아침 일찍 갖다 놓은 환자복을 갈아입히고는 조심스럽게 묻는다.

"생각 있어?"

J는 말 대신 고개를 젓는다. 요 며칠 식사를 거의 하지 않았다. 식욕이 떨어진 만큼 그가 내보내는 몸 속 오물도 줄어들었다. 나는 J의 오물 냄새를 맡은 양 창

문 쪽으로 간다. 하루에 스물네 번이 부족할 정도로 병실 관계자들이 찾아와서 J를 살피고 안부를 묻고 간다. 그들이 할 수 없는 것이 대소변을 받아내는 일이다. 이 일이 내가 J 곁에 있어야 할 기본조건이며 '작은 사모님'이라는 호칭을 얻을 수 있는 전제조건이 되어버린 듯했다. J가 소변이나 대변보기를 거부하기라도 하면 내 속에서 올라오는 구린내를 맡는다. 나도 언젠가는 스쳐 지나가는 병원 관계자들처럼 되지 않을까. J를 통해서 이곳에 있어야 할 사람이라는 확신을 얻곤 했는데, 요즈음 내 존재가 자꾸 흔들린다.

새벽녘, 남자를 쳐다볼 때도 그랬다. 남자는 나를 보자마자 어깨가 으스러질 정도로 안아주었다. 오랫동안 정성스럽게 애무를 해주었지만 다른 때와 달리 자극적이지 않았다. 그는 정액 묻은 휴지가 채 마르기 전에 질문을 해댔다. 너 21층에 무슨 볼 일 있니? 21층에서 내려오는 고인들은 말이야, 향나무 관을 대체로 많이 써, 일반인들은 오동나무 관을 많이 쓰지, 향나무 관이 제일 비싸거든, 그리고 안동 수의만 고집해, 분향소 사용료까지 합하면 천만 원은 기본이야, 염사에게 꼭 봉투를 챙겨 줘, 수표 다섯 장이 들어있을 때도 있어, 역시 돈이 좋지, 갈 때도 비싼 것만 두르고 가잖아. 남자는 '21'이라는 숫자를 발음할

때마다 힘을 주었다. 승강기를 봤단다, 중간에 한 번
도 쉬지 않고 단숨에 21층까지 올라가더란다. 남자는
일부러 J의 어머니와 함께 있었던 나를 봤다고는 말
하지 않았다. 말을 하는 간간이 내 표정을 살피기만
했다. 희미한 불빛에 손톱자국 난 남자의 광대뼈가
사납게 드러난 것을 보면서 고요하게 눈을 감고 있는
J의 얼굴을 그렸다. 정작 정사 뒤끝은 씁쓸했다. 아주
짧은 시간 동안만 남자를 원할 뿐이었다. 남자도 나
를 아주 짧은 시간 동안만 원하고 있는지도 몰랐다.
영원히 J를 잡아둘 수 있는 방법을 찾지 않은 한 언제
라도 폐기처분 될 수 있을 거라는 생각에 불안했다.

"냄새가 나. 문 좀 열어 줘."

J가 힘없이 입을 연다. J가 사용하는 버버리 향을
공기 중에 분사하고 창문을 열어젖힌다. 요즈음 J는
냄새가 난다는 말을 자주 한다. 움직임을 포기한 대
신 온몸의 감각 기관을 활짝 열어놓은 것 같다. 밤 외
출이 있을 때면 수면제 한 알을 J의 약에 몰래 끼워
넣었다. 지하 2층에서 올라올 때도 5층 공동 샤워장
에서 씻고 향수를 뿌렸다. 지하 2층의 냄새가 이곳에
서 날 리 없다. 괜한 걱정을 떨쳐버리려는 듯 창문 밖
으로 고개를 내민다. 현기증이 일면서 세상이 손바닥
안에 들어온 것처럼 만만하게 보인다. 새끼손가락만

한 작은 인간들과 장난감 같은 차들이 오늘도 주차장을 가득 메운다. 아무리 아래를 내려다봐도 지하 2층은 보이지 않는다. 남자는 땅속 깊은 곳에 박혀 지상 어디에도 존재하지 않은 것 같다. 내게 남자는 그런 존재여야 한다.

"음주운전이었는데, 자네 성격과 달리 왜 그렇게 무모한 짓을 했나?"

변호사 K는 아까부터 J의 허벅지 위에 올려놓은 신문지에 시선을 고정시킨다. 그는 오후 늦게 병원에 도착했다. 탁자에 둔 커피를 거들떠보지도 않았다. 병실에 들어설 때도 내 인사를 받지 않았다. 나는 미리 준비한 보조 의자에 앉아 J의 감각 없는 발가락을 주무른다. 감각 없는 발가락과 발바닥에는 굳은살이 붙어있다. 발가락을 주무를수록 굳은살이 때처럼 밀린다. J의 양쪽 종아리에 자전거 바퀴모양의 의료기구가 몇 개 둘러쳐져 있다. 자전거 살 같은 것이 살속을 파고들어 깨진 뼈들을 고정한다고 했다. 변호사 K는 애써 J의 양다리와 내 행위에 시선을 두지 않으려 한다. 그렇다고 변호사 K가 J의 눈을 보고 이야기하는 것도 아니다. 그의 움푹 들어간 두 눈은 선글라스를 낀 것처럼 그늘져 있다. 그의 딸과 혼담이 오고 갔었는데, 약혼시키지 않은 것을 다행이라고 생각할까. J가 완쾌되지 못할 경우 받게 될 보상금과 J의 유산을 계산하고 있을까……. 그의 속마음을 도통 짐작할 수 없다.

"지영이가 오빠 많이 다쳤냐고 걱정하더만, 같이 오고 싶었는데……."

"유학 준비한다더니, 아직 떠나지 않았어요?"

기어코 변호사 K의 말 중간을 잘라버리고 만다. 변호사 K는 입 언저리를 실룩거리더니 헛기침을 한다. J의 이마에도 주름이 잡힌다. 변호사 K가 가지고 있는 상당량의 주식이 하루아침에 폭락해서 그의 딸 유학도 보류된 상태라는 사실을, J의 말을 듣고 알고 있었다. 심술궂게 나는 그 사실을 확인하고 싶었다. 변호사 K에게 재차 커피를 권한다. 그는 나를 쳐다보는 대신 J에게 말을 건다.

"피해자가 다행히 다치지 않았으니 돈은 많이 들지 않아. 대신 보험 들어놓은 게 많으니깐 누워 있을수록 돈 버는 거야. 뼈는 시간이 해결해 줄 거고. 신경도 끊어진 게 아니니깐 조금만 더 기다리면……. 참 자네 아버지, 자네가 병원에 있어 많이 힘들겠군. 이곳이 자네 집이긴 하지만 허 참……."

어색한 침묵을 변호사 K가 먼저 깬다. 나는 무심

한 듯 벽에 걸린 그림으로 시선을 돌린다.

J는 술을 마시고 오토바이를 몰았고 속력을 줄이지 못해 앞차를 받았다. 오토바이가 J의 다리를 덮쳤고 J의 종아리뼈는 공기 중으로 튀어나왔다. 사고가 났다는 전화를 받고 응급실로 갔을 때 J는 내 손을 꼭 잡았다. 헬멧과 가죽부츠와 찢어지고 피 묻은 청바지, 지갑과 벨트가 응급실 침대 옆, 파란 비닐에 들어 있었다. J의 어머니가 허겁지겁 달려왔을 때도 꼭 잡고 있던 내 손을 놓지 않았다. J가 수술실에 들어갔을 때 J의 어머니는 나를 차갑게 쳐다보며 말했다. 여긴 네가 있을 곳이 아니야. 급하게 탈골된 종아리뼈에 쇠를 대고 고정을 시켰지만 살을 가르는 아픔이 계속된 듯했다. 단순 골절이라고 생각했던 골반뼈가 조각나 살속으로 파고들었다고 했다. 곧바로 2차 수술을 하기에는 J의 몸이 허약했다. 진통제도 조각난 뼈가 만들어 내는 고통을 줄여주지는 못했다. 고통 속의 2주 동안 J는 벽을 치면서 내 이름을 불렀다. 그것을 견디지 못한 어머니는 울먹이면서 내게 전화를 했다.

J는 꾸중 듣는 어린아이처럼 두 손을 모으고 변호사 K의 말을 듣고 있다가 옆으로 고개를 돌린다. 자신의 양다리 이야기만 나오면 얼마 전부터 고개를 돌리는 버릇이 생겼다. 골반뼈가 조각나면서 생긴 충격

으로 좌골 신경이 제 경로를 이탈했다. 끊어지지 않아 다행이었지만 아주 민감해서 약간의 충격에도 제 기능을 다하지 못한다고 했다. 기적처럼 신경이 돌아올 수 있다고, 신경외과 박사이자 의과 대학 교수인 부원장이 조심스럽게 수술 결과를 말했지만 시간이 갈수록 J는 그 기적을 기대하지 않은 것처럼 보였다.

"음주운전은 뺄 수 있어 다행입니다. 음주운전으로 사고가 났다고 처리했으면 아버님 선거에 치명적일 수도 있는데, 돈은 좀 많이 들었지만……. 변호사님 덕분입니다."

변호사 K를 쳐다보는 J의 눈에 생기가 돈다. 좀 전의 의기소침함은 찾아볼 수 없다. 가끔, J를 안다고 생각했다가도 어느 순간 너무 이성적인 그를 보면 당황스럽다. 아버지 일에 대해서는 더욱 그런다. 말 잘 듣는 상속자라는 것을 각인시키기 위해서인 듯 그는 늘 충실한 하인처럼 군다. 그런 J가 부모의 반대에도 불구하고 왜 나를 끝까지 고집했을까.

누구의 손도 타지 않은 커피는 차갑게 식어버린다. 나는 동그란 무늬가 그려진 황금빛 원피스와 황금빛 망토를 둘러쓰고 사내에게 키스를 받고 있는 그림 속 여자를 흘겨본다. 나쁜 년! 순간 내가 의식하지 못한 욕이 나오고 만다. 그림 속 사내의 구릿빛 목을 부러운 듯 다시 본다. 야성적이다. 사내가 두르고 있는 사각무늬 황금빛 망토도 화려하다. 여자의 발가락은 전율을 이기지 못해 움츠려 들고 있다. 오른손을 사내의 목에 두르고 왼손을 사내의 손등 위에 걸친 여자의 표정은 모든 걸 다 가진 듯 행복해 보인다.

……최상의 장식은 황금빛이 되고자 한다. 금이야말로 장식을 위한 것이지 않은가. 장식의 완성, 불멸의 황금빛 속에서는 오히려 실제 생명은 소멸해야 한다. 그리하여 클림트의 황금빛 장식은 불길하다. 그것은 죽음을 덮고 있다. 그러나 이 죽음의 냄새가 그의 황금빛을 더욱 강렬하고 황홀하게 만드는지도 모를 일이다…….

J가 클림트의 그림을 좋아한다는 것을 알아낸 뒤 검색창을 이용해서 얻은 지식이다. 자연스럽게 J 앞에서 아는 체를 했다. 그림 속 사내는 J이기보다는 남자를 닮았다. 구릿빛 목덜미와 검은 곱슬머리는 거의 완벽했다. 분명 그림 속 사내는 부까지 거머쥔 남자임이 틀림없다.

고요가 날카롭게 귀를 후벼 판다. 클림트의 여자에게서 눈을 뗀다. 변호사 K와 J는 더 이상 이야기를 하지 않는다. J를 본다. J는 급하게 대변을 보고 싶을 때처럼 이마를 찡그리면서 병실 문을 눈짓으로 가리킨다. 아까부터 누군가가 병실 문을 두드리고 있었던 모양이다. 살짝 열린 문틈으로 곱슬머리와 어깨 한쪽이 보이는가 싶더니 어색한 미소를 머금은 남자가 병실 안을 둘러보고 있다.

어둡고 긴 복도라 생각했던 곳에 발을 들여놓는다. 아직 해가 지지 않은 오후지만 지하 2층은 습하고 어둡다. 이제는 자물쇠 없는 문을 열고 닫듯 자연스럽게 들고날 수 있다. 주차장을 지나 오른편으로 돌아서, 일반인들의 출입이 엄격히 통제되어 있는, 조그마한 조립식 문을 연다. 관을 보관해놓은 창고다.

21층까지 올라온 남자는 병실 밖에서 책을 내밀었다. 저, 휴게실에 책이 있었어요, 환자 이름이 적혀 있어서 병실을 확인하고 올라왔어요. 남자는 시키지도 않은 거짓말을 했다. 이곳에서 친근한 반말이 허용되지 않는다는 것을, 지하 2층과 지상 21층의 높이만큼 말투도 달라야 한다는 것을 그는 알고 있었다.

간호사와 장의자에 앉아 있던 환자들과 간병인들이 집요하게 남자와 나를 번갈아 보았다. 오랫동안 병원 생활을 한 그들은 나뿐만 아니라 남자까지 알고 있었다. 하얀 시트를 고인의 얼굴까지 덮고 지하로 모시고 가는, 일명 '저승사자'라 불리는 남자와 두레

박 잘 탄 '신데렐라' 작은 사모님과 어떤 연결고리를
찾으려는 듯 대놓고 쳐다봤다. 남자는 그들의 시선을
즐기고 있는 듯했다. 조마조마해하는 나와 달리 엷은
미소까지 지었다. 나는 더욱 조급해졌다. 눈빛으로
어서, 내려가라고 윽박질렀다. 남자가 곧 뒤돌아섰
다. 아무렇게나 빗어 넘긴 덥수룩한 곱슬머리, 어제
입었던 카키색 셔츠에 껴입은 보풀인 회색 조끼, 걸
을 때마다 청바지의 거친 결에 고스란히 드러나는 탄
력적인 하체. 그것은 쾌감보다는 엄청난 공포로 나를
엄습했다. 전혀 예상치 못한 복병이었다. 황금빛 망
토를 둘러쓴 남자를 언뜻 그렸다가 지워버렸다. 너무
위험했다. 이곳까지 올라온 목적이 뭘까. 내가 머물
고 있는 곳을 확인해보고 싶은 것일까. 남자를 만나
는 한 달 동안 머리핀을 흘렸고 잠바를 벗어놓고 가
져 오지 않은 적도 있었다. 그는 나를 찾지 않았다.
내가 밤이면 올 줄 알았기 때문에 지금처럼 책을 전
해주러 굳이 올라올 필요가 없었다. 남자의 모습이
마침내 보이지 않게 되자 클림트의 여자에게 화풀이
를 대신 했다. 화냥년! 청순함을 가장한 요부!

커튼이 내려진 창고 안은 어둡다. 관 위에 주저 앉
는다. 처음에는 모든 것이 무섭고 낯설었지만 시간이
지날수록 무감각해졌다. 오히려 나무에서 나는 향이

마음을 차분하게 가라앉혀 주었다. 남자는 이곳에서 어린 시절의 기억들을 하나씩 되살려주었다. 유년의 기억은 쉽게 경계심을 풀게 했다.

대문 옆에 세 들어 살던 사람들이 공동으로 쓰는 재래식 화장실 기억나니? 과거의 기억들을 들추어내 던 남자의 목소리는 추억 속으로 잦아들곤 했다. 일 곱 살, 이혼한 어머니와 나는 남자 집에 세 들었다. 여름이면 재래식 화장실에서 기어 나오는 구더기를 가지고 놀았다. 일하러 가는 어른들 대신, 빈집을 지 키던 남자와 나는 양지바른 대문가에 앉아서 돌멩이 를 던져 구더기를 죽였다. 햇볕에 꼬들꼬들하게 말려 야 진짜 죽는 거라면서 우리는 길가에 일렬로 눕혀놓 곤 했다. 지나가는 사람들 밑창에 달라붙은 것을 보 면서 시시덕거렸다.

남자는 휴게실에서 책을 읽고 있던 나를 처음 봤 을 때 통통한 볼과 처진 눈꼬리가 아주머니 모습과 똑같아서 알아봤다고 했다. 남의 눈을 의식한 나는 남자가 근무하고 있는 지하 2층으로 서둘러 내려갔 다. 지하의 침묵은 21층과 달리 자유로웠다. 나를 감 시하는 사람이 없었다. 외부사람들이 출입을 꺼리는 그곳은 곧 밀회의 장소가 되었다. 남자의 몸을 알게 된 뒤부터, J와 나 사이에 문제가 무엇인지 알았다. J

와의 정사는 임신 외에는 생각할 수 없었다. J가 내 몸에 있던 몇 초 동안 그의 것이 흘러 내릴까봐 엉덩이 밑에 베개를 받치지 않았던가. J가 입원한 지 1개월 만에 결혼 승낙을 받아냈지만 나는 여전히 답답하고 현기증이 난다. 영원히 J를 묶어둘 방법을 수개월 동안 미뤄야하는 불안이다.

살짝 커튼을 젖혀 입관실을 엿본다. 하얀 가운을 입은 남자 등이 보인다. 남자에게 하려던 말을 되뇐다. 21층에 올라오지 말았으면 좋겠어. 남자의 반응을 살핀 뒤, 그의 종아리를 잡고 늘어지면서 눈물로 호소할 참이다. 어린 시절, 이혼녀 딸과 놀지 말라던 남자 어머니의 꾸지람을 무시한 남자는 종종 종아리를 맞았다. 나는 그의 마음을 움직일 수만 있다면 불행한 어린 시절과 어머니 이야기까지 꺼낼 작정이다.

어머니는 살과 뼈를 자른 수술 도구들, 몇 년 이상 환자의 몸속에 들어 있던 피 묻은 쇠막대들을 씻고 소독했다. 병원에서 근무한 뒤부터 빨간색과 비린내를 이기지 못했다. 자주 토했다. 그렇게 좋아했던 고춧가루 푼 육개장을 쳐다보지도 않았다. 6개월만 일하면 정식직원이 된다고, 정식직원이 되면 퇴직금과 보너스를 받을 수 있다고, 어머니는 어린 내게 자랑했다. 녹색 가운을 입고 엷은 소독 냄새를 풍기던 모습이 진짜 의사처럼 보여 나는 마냥 웃었다. 당신은, 6개월이 되기 전에 하얀 웨딩드레스를 입었다. 상대는 같은 병원에 근무한 진짜 의사였다. 어머니는 당신의 생애에서 이혼 경력과 딸이 있다는 것을 지우고 싶어 했다. 당당히 그렇게 했다. 중학생인 첫째아들과 초등학생인 둘째아들의 진짜 엄마가 되었고 내게는 계모보다 못한 어머니로 남았다. 나는 외할머니 집으로 보내졌다. 어머니는 나를 찾지 않았다.

입관실에 있는 남자는 관을 준비하고 매칠 연베를 깐다. 은분으로 붉은 천에 명전을 쓴다. 나는 입관실 안쪽으로 시선을 돌린다. 스테인리스 스틸 작업대 위에 한지로 싸맨 고인의 머리가 보인다. 호상일 것이다. 입구에 설치된 칠판에 적힌 입관 시간, 고인 이름과 나이, 상주 이름을 미리 봤다. 남자는 한쪽 발을 구부리고 명전 쓰는 일에 몰두하고 있다. 나는 남자가 매치는 장면을 보는 것을 제일 좋아한다. 고인을 모시는 남자의 모습은 이 세상 사람이 아닌 것처럼, 자신의 모든 것을 비워버린 듯 한없이 투명해 보였다.

남자는 관 속에 연베와 지금을 깔고 고인을 눕혔다. 양쪽으로 늘어진 베를 팽팽하게 잡아당겨 얼굴을 가렸다. 그 다음에도 그 다음에도 같은 일을 반복했다. 얼굴은 윤곽만 남았다. 네 가닥부터는 양쪽 베를 잡아당겼다. 남자의 팔뚝에 힘줄이 솟았다. 힘을 모을 때마다 그의 온몸이 부르르 떨렸다. 잔뜩 힘이 실린 베를 X자로 잡아당겼다. 두 번을 겹쳐서 리본모양을 만든 뒤 밑으로 내렸다. 엇 가를 때 힘이 풀리면 매를 안친 거나 다름없다고 했다. 탈골될 때 뼈가 흐트러지기 때문이었다. 그렇게 열다섯 번, 그는 온몸의 힘을 끌어 모았다. 처음부터 남자가 염을 하고 입관하는 모습을 보여준 건 아니다. 내가 조를 때마다 그는 잠을 자지 못할 거라면서 한사코 거절했다. 막상 보여주고 났을 때 붉게 달아오른 내 볼을 꼬집으면서 말했다. 꼭 정사하고 난 뒤의 네 모습 같아.

매를 칠 때마다 내 몸은 불길에 휩싸였다. 그건 남자의 몸을 받아들이고 절정에 이르렀을 때보다 더 강했다. 남자가 매 치는 일을 다 끝냈을 때, 내 몸도 흥건히 땀으로 젖었다. 남자와 마찬가지로 모든 기가 소멸됐다. 며칠 전, 소멸된 기를 흡연으로 재충전하던 남자에게 물었다. 자살한 사람, 입관한 적 있니? 그는 입에 문 담배를 밑창으로 비벼 끄더니 침까지 뱉었다. 천천히 나를 올려다봤다. 물어볼 것을 이제야 물어보는구나, 라는 약간의 비웃음 섞인 미소가 입가에 달려있었다. 내가 고개를 돌리자 남자는 바쁜 척 장례 용품을 만지작거리면서 말을 쏟아냈다. 자살한 고인들은 말이야, 가족도 외면해. 염하는 것을 지켜보지 않은 경우가 많아. 아마 정신적인 배신 때문이겠지? 그리고 제일 싼 관에 넣고 화장하지. 당연히 매도 치지 않고. 어차피 가루만 남을 텐데 말이야.

이혼한 경력과 딸이 있다는 사실을 숨겼던 어머니는 3년 만에 들통 났다. 집 말아먹을 화냥년이라고 손가락질을 받으면서 쫓겨났다. 사람들 말로는 그 의사가 어머니의 과거를 알고 있었지만 다른 여자가 생겨서 어머니와 헤어질 명분이 필요했다고 했다. 소문이야 어찌되었든 어머니는 웨딩드레스는 입었지만 혼인신고를 하지 않은 것을 쫓겨나서야 안 듯했다.

명전을 다 쓴 남자는 붓을 깡통에 넣고 작업실로 들어간다. 가위를 들고 고인이 입고 있는 옷을 자른다. 고인의 몸을 움직여 옷을 벗겨내자 코와 귀와 입에서 복수가 흘러내린다. 남자는 구멍이란 구멍에 솜을 틀어막는다. 염습할 준비를 다한 남자는 노란 수건으로 고인의 몸을 덮는다.

나는 남자가 염을 하고 입관하는 것을 볼 때마다 가슴 한쪽 구석에 있는 몽우리가 점점 커지는 것을 느꼈다. 드디어 몽우리가 터졌을 때 남자를 따라 한 여인을 씻기고 옷을 입히고 매를 치는 나를 발견하곤 했다. 그 집에서 쫓겨났을 때 딸을 선택한 게 아니라

죽음을 선택한 어머니를 위해, 온 몸을 활활 태워가
며 매를 쳐주고 향나무 관에 왜 곱게 모셔야 했는
지……. 목숨을 끊을 정도로 그 집이 그렇게 대단했
을까, 빌어먹을!

　병원 건물에 걸어뒀던 플래카드가 몸서리치며 울
부짖는 짐승소리를 낸다. J의 병실 창문을 모두 닫았
는데도 장송곡을 틀어놓은 것처럼 우울하게 들린다.
J의 침대를 올리고 머리맡에 베개 두 개를 댄다. 미리
준비한 캔 맥주를 꺼낸다. 뚜껑을 따 J에게 건넨다.
어떤 말을 먼저 해야 할까, 당돌하게 병원 근처 슈퍼
에서 맥주와 오징어를 사서 검은 봉지에 담아왔는데,
자꾸만 목구멍으로 맥주와 말들을 삼켜버린다. 하지
만 무슨 말이든 꺼내야 한다. 더 이상 J의 침묵을 견
뎌낼 수 없다.
　"그때 생각 나? 같이 부산에 버스 타고 갔을 때?
막차를 놓치고 우리가 처음, 모텔이라는 곳에 들어갔
던 일 말이야. 나는 침대에서 자고 자기는 바닥에 누
웠어. 그렇게 따로 잠을 잤어. 그런데 새벽에 말이야.
화장실이 좀 소란했어. 혼자서 뭔가를 했어. 그리고
후다닥, 밖으로 나갔지. 눈이 내리는 한겨울이었어.
얼마 후에 자기는 붉게 물든 볼을 들이대며 김밥이

든 비닐봉지를 내게 건네줬어. 내가 물었지. 화장실
에서 뭐했어, 라고?"

J는 대답하지 않는다. 너를 보호하고 싶었어, 그때
의 J 말이었다. 그건 거짓말이었다. 오징어 다리를 하
나 뜯어 J 손에 건넨다. 바람과 함께 빗방울이 창문을
사정없이 후려친다.

J는 처음부터 내가 감추고자 하는 모든 것을 알고
있었다. J의 어머니가 운영하는 화랑에서 경리로 일
하면서부터 나는 J가 다니는 교회에 갔고, J가 다니
는 요가 학원에 등록했다. 요가를 하면서 발목을 삔
척했고 그의 차를 얻어 탔다. TV 드라마에서 상대방
의 환심을 사기 위해 흔히 쓰는 수법이었다. J는 지금
껏 잘 속아주었다. J는 부모의 뜻을 거부 못하듯 다른
사람들의 부탁을 잘 들어주는 편이었다. 모든 잘못이
자신 때문이라고 자책했다. 이런 J가 약 없이 발기되
지 않은 성기를 붙들고 모텔 화장실에서 울었다는 사
실을, 내가 알고 있다면 어떤 표정을 지을까.

"나, 나, 급해……"

J가 다급한 듯 입을 연다. 본능이 모든 것을 앞서
간다. 급한 대로 화장실에서 소변통과 변기통을 들고
온다. J의 아랫도리 환자복을 벗긴다. 엉덩이 밑에 변
기통을 대주고 소변 통을 J의 것에 댄다.

"조금만 더 힘을 줘!"

의욕과 달리 더딘 J의 장 활동에 나는 일회용 비닐
장갑을 낀다. 손가락에 올리브유를 바르고 부드럽게
항문을 마사지한다. 내 목소리까지 윤기가 흐른다. J
는 곤란한 질문을 피하는 법을 알고 있다. 톡톡 불거
진 괄약근 몇 개가 손가락에 잡힌다. 올리브유 바른
손가락이 괄약근을 통과한다. 항문 안쪽에 나무처럼
딱딱한 것이 만져진다. 시커멓게 굳은 변이 염소 똥처
럼 변기통에 떨어진다. J가 앓는 소리를 낸다. 수치스
런 것일까. 체모 위에 얌전히 누워 있는 송이버섯처럼
매끄러운 성기가 서서히 힘을 받는다. 남자의 그것처
럼 팽팽하게 당겨진다. 오물 냄새가 병실을 가득 채운
다. 창문 열 생각조차 못한다. 무섭게 비바람이 휘몰
아친다. 플래카드가 음침한 소리를 뱉어낸다.

"좀 더 힘을 줘. 이제는 괜찮을 거야!"

J는 소변 통을 무시하고 침대 시트에 오줌을 갈긴
다. 동시에 오물을 밖으로 밀어낸다. J의 신음이 강해
진다. 체내로 들어간 알코올 탓인지 마지막으로 묽은
변을 쏟아낸다. 물티슈로 J의 항문과 성기 주변을 정
성스럽게 닦아 준다. 내 손길이 머물러 있는데도 소
변 빠진 그의 그것은 힘없이 옆으로 눕는다. J는 눈을
감아버린다.

소아 당뇨병. J의 몸은 철저하게 관리되고 있었다. 오랫동안 맞아온 인슐린 부작용으로 발기가 제대로 되지 않았다. J의 어머니가 만들어준 음식 외에는 손도 대지 않은 것도, 식당 수저를 한 번 더 씻게 만드는 것도, 약 없이 섹스를 할 수 없는 것도……, 얼마 전에야 이해할 수 있었다. J는 가진 것에 비해 건강에 자신이 없었다.

나는 늘 그렇듯 J의 것을 손안에 넣고 서서히 주무른다. 그리고 고환, 항문, 사타구니, 넓적다리, 엉덩이를 지나 배꼽, 아랫배로 간지럼을 태운다. J는 깔깔거리면서 어린애처럼 좋아했다. 하지만 지금, 아무런 반응이 없다. 아니, 앓은 소리를 낸다. 그동안 잠잠했던 골반뼈 통증이 다시 시작된 모양이다. 다급하게 0번을 누른다.

사고 나기 몇 시간 전에 J에게 술을 마시게 했다. 끝도 없이 이야기를 했다. 일찍 부모님을 여의고 어렵게 대학에 들어갔다……. 어떤 부모가 자식이 죽는 듯 대들면 결혼 승낙을 하지 않겠는가. 그만 헤어지자. 둘은 많이 취했고 J는 내 말을 들으면서 눈물을 흘렸다.

J는 양쪽 눈에 물기를 채우더니 고해성사를 하듯 가늘게 말을 잇는다. 먼 곳을 향한 그의 눈빛은 아득

하다.

"냄새가 났어……. 그 냄새를 어떻게 표현할 수가 없어. 아주 눅눅한 느낌일 뿐이야. 일주일 전 맞은편 병실, 정 회장님 사모님이 돌아가실 때도 맡았어. 한 달 전 김 원장님 어머님이 돌아가실 때에도……. 요즘 내 병실에서 그 냄새가 났어. 나는 불안했어. 이대로 죽는 건가. 하지만 나와 달리 그 냄새가 날 때면 너는 생기로 가득 찼어. 오늘 낮에, 나는 확실하게 알게 되었어. 책을 가지고 온 그 남자, 그 남자가 냄새의 근원이라는 것을……. 그 남자, 클림트의 그림 속 같은 남자……."

J는 아랫입술을 깨문다. 급히 달려온 간호사에게 J는 마약과 같은 강한 진통제를 놓아달라면서 눈을 감는다. 알코올과 J의 말이 머릿속을 어지럽게 한다. J의 의도는 뭘까. 멍하게 벽에 걸린 그림에 시선을 꽂는다. 클림트의 그림 속 사내를 닮은 남자. 내가 몰래 지하 2층으로 내려갔을 때 남자는 그곳에 아무도 없는 줄 알고 전화통화를 했다. 엄마, 그 아줌마 딸 있잖아. 목매달아 죽었다고 엄마가 말했던 아줌마 말이야. 그 딸이 병원장 며느리가 될 거래. 어떡하지? 내가 잘 보이면 장례식장 사무장 자리라도 줄까? 그래야 시체를 덜 만질 것 아니야…….

"엄마……."

J는 고통을 참지 못하겠다는 듯 벽을 치면서 신음한다. 내가 옆에 있어도 '엄마'를 찾는다. 그의 손 위에 내 손을 살며시 얹는다. 내 손을 가볍게 털어 낸다. 형광등이 마치 쇼윈도에 비친 폭풍 속 풍경을 반사하고 있듯 카펫 위로 나뒹군다. 나는 맥주 캔을 찌그러뜨려 휴지통에 던져 버린다. 놀란 간호사가 당뇨병 환자에게 알코올이 얼마나 치명적인 줄 아냐며, 큰 사모님께 알려야겠다면서 예의를 다 갖추어 대든다. 나는 더 놀라고 어이없다는 표정을 지으면서 간호사에게 되묻는다.

"당뇨병? 그게 무슨 소리지요?"

J는 내게 자신의 지병에 대해 아무 말도 하지 않았다. 담당 간호사는 입을 삐죽이면서 병실 밖으로 나간다. 분명 J의 어머니를 부를 것이다. 나는 마냥 어린아이가 되어 버린 J를 내려다본다. 그는 한참 투정을 부리고 싶어 하는 표정이다. 죽음의 냄새를 풍기면서 동시에 나를 생기 있게 만들어 주는, 클림트를 닮은 미지의 사내에 대한 질투일까. 아니면 내가 그의 곁에 머물러 있는 시간, 유효기간이 다 되었다는 뜻일까. 현기증이 일면서 칼로 유리를 사정없이 긁어 대는 것 같은 빗소리가 고막을 할퀸다. 위도 아래도

내려가지 못하고 중간에 멈춰버린 고장 난 승강기를 탄 기분이다. 핸드백을 집어 들고 병실 문을 열어젖힌다. 웅얼거리는 소리를 멈춘 J가 다급하게 외친다. 가지 마, 가지 마……. J의 애절한 목소리가 긴 꼬리가 되어 내 등에 들러붙는다. 문을 닫아버린다.

승강기 안에 몸을 집어넣는다. 버튼도 누르지 않은 채 그대로 있다. 승강기는 위로 향한다. 문이 열리자 옥상에 있던 환자들이 빗줄기를 피해 승강기 안으로 들어온다. 옥상에 나만 남는다. 난간으로 걸어가서 아래를 내려다본다. 펄럭이던 플래카드가 제 몸부림을 견디지 못하고 공중으로 휘날리고 있다. 맞은편에서는 어둠과 비의 장막을 뚫고 황금빛 조명을 단 누드 승강기가 치솟고 있다. 너무 눈이 부셔 눈을 감아버린다. 꿈틀꿈틀 뱃속에서 뭔가가 '엄마'를 부른다.

얼굴을 보다

고인의 얼굴에 덮여진 한지를 걷어낸다. 50대의 나이라 믿을 수 없을 정도로 팽팽한 피부와 긴 속눈썹, 낮은 콧등과 불거진 광대뼈, 검보랏빛 입술이 드러난다. 분향소에서 언뜻 본 영정사진 속 얼굴은 삶에 찌든 촌부처럼 보였다. 작업대 위에 누워 있는 고인의 얼굴은 그렇지 않다. 죽음은 젊고 고왔던 모습으로도 찾아오는 것일까. 나는 지그시 입술을 깨문다.

　곧바로 사타구니에 힘을 주고 작업대 가까이 의자를 끌어당겨 앉는다. 화장품가방을 여는 손가락이 떨린다. 미리 화장수를 묻혀놓았던 솜으로 얼굴을 닦아나간다. 체온이 없는 피부라 물기를 다 닦을 때까지 마른 솜으로 반복해서 닦는다. 손끝에 고인의 피부가 닿을 때마다 섬뜩한 기운이 뻗쳐 어깨가 절로 움찔거린다. 시간이 없다. 가능하면 10분 안에 화장을 끝내야 한다.

블랙 딥 펜슬, 파운데이션 23호, 와인색 립스틱 150호……. 생각했던 화장품 목록보다 더 밝은 파운데이션 21호를 얼굴에 펴 바르고 분첩을 두드린다. 유족들은 나이든 고인의 경우 생전의 온화한 얼굴로 되살려놓기를 원했다. 가족들의 입장에서는 그랬다. 일을 하다보면 꼭 그렇게 되지 않을 때가 있다. 지금과 같은 경우다. 눈썹에 묻은 분가루를 화장지로 닦아내고 블랙 펜슬로 눈썹을 그린다. 마스카라를 칠하고 펄이 들어간 분홍 빛 아이섀도로 눈두덩을 덧칠한다. 와인색 립스틱과 볼 터치로 마무리하자 얼굴이 환하게 살아난다.

막 장례식장 현관을 나서려는데 김 군이 나를 붙든다. 그는 입술을 실룩거리면서 말한다.

"오늘 또 진상이 들어왔어요. 선생님이 얼굴 좀 확인하고 화장해 주시면 안 될까요? 바로 작업 들어가야 해서……."

'진상' 은 얼굴이 심하게 일그러진 사체를 일컫는 속어다. '바로 작업 들어간다' 는 말은 주로 삼일장을 치르는 장례절차를 무시하고 당일에 염습과 입관, 발인을 한다는 뜻이다. 대개 자살한 사체일 경우, 상주들이 신속하게 진행한다.

나는 망설인다. 일주일째 연락이 끊긴 K를 찾아나설 참이다. 괜스레 휴대폰 폴더를 열어 11시 11분이라는 것을 확인하고는 김 군을 본다. 그는 어떤 생각에 골몰하고 있는 듯 도로 너머를 보고 있다. 자동차들이 달리면서 내뿜는 소음과 주차장에서 뛰어노는 어린 상주들의 고함이 신경을 날카롭게 한다.

"스물네 살밖에 되지 않은 아가씨인데, 자살을 했어요. 제가 직접 사체를 어깨에 메고 왔는데, 그 집안 또한 너무 심란해서……."

김 군이 멍하게 먼 곳을 주시하면서 말한다. 나는 아무런 대꾸를 하지 않았지만 그가 미처 하지 못했던 말이 무엇일까, 생각해 본다. 너무 심란해서 선생님이 도와주지 않으면 안 될 것 같아요…….

입관실 입구가 있는 일층 로비 쪽으로 시선을 준다. 좀 전에 입관을 지켜봤던 상주들이 까마귀 떼처럼 하나둘 밖으로 나온다.

"이름이……."

"5호, 김선희."

화장품 가방을 쥔 손아귀에 힘을 주고 목을 빳빳이 쳐들고는 입관실로 향한다. 날이 설 정도로 반듯하게 다린 검정바지 자락이 맨 종아리를 건든다. 나는 늘 외모에 신경을 썼다. 꼼꼼히 다림질한 검정 정장을 입고 이마에 머리카락 한 올 흘러내리지 않게 뒤로 묶었다. 입술은 꽉 다물어 어떤 감정도 노출하지 않으려고 애썼다. 나름대로 외모와 표정 관리를 한다고 했지만 발을 뗄 때마다 대리석 바닥에 부딪치는 불규칙한 소리는 어쩔 수 없다. 왼쪽 다리가 오른쪽에 비해 10센티미터가 짧다. 짧은 다리를 보완할 요량으로 왼쪽 구두 굽에 부족한 다리 길이만큼 덧댔지만 걸을 때면 어김없이 한쪽 다리가 기울어져 재빨리 앞으로 내디디면서 끌어야 한다. 반 박자 느린 한쪽다리가 제자리에 서는 동안 입관실 안을 둘러보면서 심호흡을 한다.

지하 일층, 입관실은 호텔주방으로 착각할 정도로 고급스럽고 깔끔하다. 내벽은 원목이고 그것에 맞는 가구들을 적절히 배치했다. 정면에는 3단 사체냉동고가 있고 그 앞에는 높낮이를 조절할 수 있는 스테인리스 스틸 작업대가 놓여 있다. 오른쪽 벽에도 수납장이 있고 그 안에는 수의에서부터 자잘한 소품들이 정리되어 있다. 깊숙한 내부에 고인을 위한 승강기가 있는데 주로 출상할 때 이용한다. 승강기 옆에는 관을 보관해 놓은 창고가, 그 문 위에 반사경이 설치되어 있어 안쪽에서 내부를 볼 수 있다. 구석진 곳에는 싱크대처럼 생긴 수세식 용구가 있다. 바닥은 대리석이다.

나는 사체냉동고 앞에 멈춰 선다. 냉동고 문을 선뜻 열 수가 없다. 오늘따라 고인의 얼굴을 혼자 보는 것이 싫다. 마른침을 삼킨다. 커피 한 잔 마셨으면 싶지만 불편한 다리로 로비에 올라가는 것이 귀찮다. 핸드백에서 담배를 꺼내 불을 붙인다. 금연이라고 적혀 있지만 장례식장 직원들은 적당히 눈감아 준다.

"어떻게 자살했니?"

고인 얼굴을 확인하지 않은 나는 김 군이 오자 묻는다.

"목을 맸어요. 그것도 운동화 끈으로 베란다 건조대에서⋯⋯."

"⋯⋯."

"그렇게 겁 많은 사람이 어떻게 고인의 얼굴에 화장할 생각을 했어요?"

나도 모르게 어깨를 움츠린 것을 김 군이 본 모양이다.

나는 이곳에서 일하는 동안 고인들의 얼굴을 보는

것에 익숙해졌다고 생각했다. 하지만 내가 의식하지 못한 두려움이 불쑥 튀어나올 때도 있었다. 그럴 때면 입관실 앞에서 스스로 최면을 걸었다. 무서움은 내가 만들어내는 것이다……. 그 주문은 어느 정도 효과가 있었다. 내 감정은 플라스틱처럼 딱딱해진 듯했고 어떤 충격에도 동요하지 않은 듯했다. 이상하게 고인의 얼굴을 보면 볼수록 뭔가 더 흉측한 것을 보고 싶은 욕구까지 일었다. 김 군에게 사고가 난 고인을 모셔올 경우 연락해달라고 부탁했다. 직원이 고인의 얼굴을 만지기 전, 죽음을 맞이하는 순간 굳어지는, 원초적인 얼굴이 보고 싶어서였다. 생전에 쓰고 다녔던 가면이 벗겨지는 찰나! 어떤 진실을 들여다본다는 착각은 일종의 설렘으로 다가왔다. 대가를 지불해야했다. 시간이 지날수록 두려움이 배가 되어 나를 덮쳐왔다. 특히 K와 다툴 때, 집을 나간 K의 행방이 궁금해질 때면 꾹꾹 눌러놓았던 공포가 내가 예측하지 못했던 감정들과 섞여 평상심을 위협했다. 김 군이 나를 놀리는 것도 무리는 아니다. 오늘, 나는 다른 날과 달리 비위가 상당히 약해졌고 약간의 충격에도 깜짝 놀라곤 했다.

김 군이 칠성판을 빼자 하얀 사체보에 덮인 김선희가 길게 빠진다. 한지 위로 김선희의 얼굴 윤곽이 드러난다. 얼굴형은 작다. 하관이 가파르고 콧날이 오똑하다. 한지 위로 손을 뻗는다. 막상 걷어보면 생각했던 것만큼 얼굴 상태가 나쁘지 않은 경우가 대부분인데도 긴장은 극대화된다.

한지를 걷어내자 김 군이 먼저 욕지거리를 내뱉는다.

"제기랄! 뭐야? 좀 전에도 얼굴을 바로 잡아놓았는데, 다시 비틀어진 이유가 뭐야!"

김 군은 각진 턱과 거의 움직임이 없는 긴 속눈썹, 감정 없는 말투와 표정을 이곳의 우울한 분위기와 적당히 버무릴 줄 안다. 10년 경력이라고 했다. 김 군이 유일하게 감정을 드러내는 부분은 입술이다. 뭔가 못마땅할 때면 입술을 씰룩거린다. 오늘처럼 직접적으로 불만을 드러내는 경우는 매우 드물다. 김 군은 나를 염두에 두지 않은 채 계속해서 지껄인다.

"탁, 까놓고 돈이 안돼요. 나이도 고작 스물네 살에 자살이라니. 화장터에 갈 게 뻔하고 싼 관에 싼 수의를 걸칠 거고. 입관도 가족이 보지 않을 거구요. 더군다나 얼굴까지 이렇게 일그러졌으니, 직원들까지 고생시키는 셈이죠."

너무나 솔직한 말에 할 말을 잃는다. 이럴 때는 이해관계에 얽혀 있지 않다는 것을 행운이라고 해야 할까.

언제부턴가 장례식장 직원이든 상조회사 직원이든 고인을 염할 때면 어김없이 내게 화장을 맡겼다. 수당 외에 들어오는 노잣돈도 나눠줬다.

장례식장 직원과 달리 상조회사 직원은 상이 터지면 3일 동안 장례식장에서 살다시피 한다. 분향소에 꾸밀 화환과 제사상을 준비하는 것은 물론, 입관에서 발인과 장지까지 책임진다. 상조회사 '장례 상품'에는 수의에서부터 관, 캐딜락, 장의차까지 모든 비용이 포함되어 있다. 그들이 장례식장에 들어오면 장례식장은 분향소 사용료와 음식 값만으로 매상을 올려야한다. 또한 상조회사가 제시한 상품 가격이 장례식장에서 제시한 가격보다 싼 게 문제다. 장례용품 가격에 거품이 빠지고 있어 상대적으로 장례식장은 손해를 봐야 한다. 나는 사무실 안에서 이들이 목소리를 높여 다투는 장면을 종종 목격했다. 이들은 이해관계에서 서로 양보하지 않으면서도 나를 챙겼다. 신체적 결함이 어느 정도 동정심을 불러일으킨 것일까. 아니면 내 태도가 한 몫 한 것일까. 슬픔도 기쁨도 나타내지 않는 무표정. 아는 것도 모른 척 할 수 있는 무관심한 태도. 주는 돈은 거절하지 않아 오히려 공범 관계를 형성했는지도 몰랐다. 나는 어느 쪽 직원이든 사심 없이 불평을 터뜨릴 수 있는 상대가 되었고 상주들의 이목을 끄는 상품으로 부상했다. 이들 누구도 내가 몇 년 전까지, 잘 나가는 연예인 메이크업 아티스트였다는 것을 알지 못했다.

마지막으로 메이크업을 담당한 연예인은 악성루머에 시달려 목을 맨, 서화였다. 유족들은 고인의 화장을 부탁했다. 메이크업 담당자였던 내가 죽은 그녀를 생전의 얼굴로 되돌릴 거라고 생각한 듯했다. 처음에는 모욕을 당한 느낌이었다. 엄연히 산 사람과 죽은 사람은 다르지 않은가. 그럴수록 호기심도 강하게 일었다. 죽음의 순간을 맞이하는 얼굴은 어떤 표정일까. 체온을 가진 피부와 체온을 잃은 피부에 화장하는 느낌은 어떻게 다를까. 죽은 서화의 얼굴이 보고 싶었다. 내가 알고 있는 표독스런 얼굴인지, 대중들이 알고 있는 현모양처 형의 따뜻한 이미지인지……. 정말 서화는 이미지와 달리 주위 사람들에게 신경질적이었다. 그녀가 출연한 드라마에 얼굴이 예쁘게 나오지 않으면 내 실력이 형편없기 때문이라며 짜증을 냈다.

나는 다리가 불편한 것이 혹, 능력이 없다, 라는 말과 연결될까 싶어 나름대로 열심히 뛰어다녔다. 밤샘 촬영이 있을 때면 잠을 자지 않은 것은 물론 음료수 당번까지 자처했다. 서화는 석 달이 멀다하고 메이크업이나 의상 담당자를 바꿨다. 나는 그녀의 변덕에도 불구하고 2년 가까이 살아남았다. 실력뿐만 아니라 사람 좋다는 평가를 받았다. 주위에서 스카우트 제의가 들어왔다. 어떤 오기에서인지 서화 곁을 떠나지 않았다. 막상 그녀가 죽자 구박을 받으면서까지 그녀를 쫓아다닌 이유가 무엇이었는지 의문스러웠다. 서화의 얼굴에 덮인 한지를 걷어냈을 때 어렴풋이 해답을 얻은 것 같았다.

서화는 일반적으로 목을 매단 사체의 얼굴과는 달리 눈을 내리깐 채 왼쪽 입술 꼬리를 귀 쪽으로 살짝 올리고 있었다. 장례식장 직원이 미리 얼굴 근육을 풀어준 것을 알지 못했던 나는 서화의 표정에서 '조롱'이라는 단어를 떠올렸다. 세상을 향한 조롱, 내지 나를 향한 비웃음 같은 거라고 할까. 너는 아무 것도 아니야, 네가 불구라서 연예인들의 화려함에 몸을 숨기려고 할 뿐이야, 콤플렉스로 가득 찬 절름발이 계집애……. 서화의 얼굴을 보면서 내가 그녀 곁을 떠나지 않은 것은 오기 때문이라는 것을 알았다. 오기는 자존심을 지키게 했다. 자존심은 언젠가는 너보다 잘 나갈 거야, 라는 자신감과 연결됐다. 죽은 그녀에게 뭔가 보여주고 싶었다.

평소에 서화가 가장 싫어했던 보라색 립스틱과 펄

이 들어간 연두색 아이섀도로 화장을 했다. 광대뼈 깎는 수술을 할 것인가 말 것인가를 심각하게 고민했던 그녀였는데 광대뼈에 붉은 연지를 엷게 펴 발라 강조해버렸다. 마지막으로 알레르기가 있다며 싫어했던 허브 향을 귓불에 뿌렸다. 평소 같으면 마음에 들지 않을 경우 내 뺨까지 서슴없이 때렸을 그녀였지만 차갑게 누운 서화는 아무런 불평 없이 내 손길에 만족해했다. 평소와 다른 화장에 가족 중 한 명이 불만을 터뜨릴 경우, 오래전부터 그녀가 소원하던 거예요, 이미지 때문에 하지 못했을 뿐이에요, 라는 답변까지 준비했다. 화장이 다 끝나자 가족은 내 어깨를 다독여주면서 고맙다는 말을 되풀이 했다. 봉투까지 주었다. 아무도 내게 불평을 터뜨리지 않았다. 사체도 마찬가지였다. 하지만 내 속의 뭔가가 쏙 빠져버린 듯했다.

여전히 가슴이 답답하다. 김선희의 얼굴 때문이아니다. K가 왜 나를 떠났는지 아직껏 이유를 모른다. 이유를 알 수 없기 때문에 사과할 수도, 더욱 냉정하게 그의 존재를 부인할 수도 없다. 일주일 전, K가 그의 휴대폰을 던지면서 말했다. 가, 가란 말이야. 나 좀 내버려 두란 말이야……. 그의 헝클어진 머리

와 홀쭉해진 볼, 담배를 연신 피워 탈색된 입술, 트렁
크 팬티 밑으로 드러나던 앙상한 허벅지와 종아
리……. 그 말투와 표정이 뇌리 속에 생생하게 박혀
순간순간 나를 괴롭힌다. 더욱 화가 난 것은 그가 화
를 낼 때 아무것도 하지 못한 채 그를 쳐다보기만 했
던 나의 답답함이었다.

내가 K를 만난 것은 서화를 화장하고 난 뒤였다.
하릴없이 거리를 돌아다녔다. 번화가를 걸을 때도 검
은 옷에 둘러싸인 내 몸뚱어리만 둥둥 떠다녔고 쇼윈
도를 봐도 내 얼굴은 비치지 않았다. 내 얼굴이 보고
싶지 않았다. 얼굴 위로 서화의 냉소가 덧씌워져 비
웃는 것 같았다. 일부러 거울을 외면했다. 수없이 많
은 진열장을 지나쳤다. 죄지은 사람처럼 사람들의 눈
을 외면했다. 그들의 눈을 볼 때마다 끊임없는 욕망
과 죽음의 순간이 떠올랐다. 누군가가 내 어깨를 스
치고 지나가면 깜짝 놀라며 종종 걸음 쳤다. 딴 세상
의 물건을 보듯 길거리에 진열된 상품들을 보았다.
그 주위로 몰려드는 수다 떠는 손님들을 보았다. 진
열장 안에 마네킹이 입고 있는 화려한 색상의 옷들을
보면서 현기증을 일으켰다. 화려한 색상의 옷들이 생
소하게 다가왔다. 저녁 어스름에 네온사인 빛이 거리
를 물들이기 시작하자 한기가 들었다. 허름한 동시상

영 극장으로 들어갔다.

극장 안에는 사람 서넛이 시간을 죽이고 있었다. 한참 상영 중인 영화는 일본 야쿠자를 소재로 제작된 거였다. 무조건 사람을 베고 죽였다. 바닥에도 천장과 벽에도 피가 흥건히 묻어있기 일쑤였다. 처음에 목에서 분수처럼 뿜어져 나오는 핏줄기를 봤을 때 망막에 모래를 끼얹어놓은 것처럼 껄끄러웠다. 얼마 뒤, 시야에 범람한 핏빛은 나를 무덤덤하게 만들어버렸다. 낙엽처럼 수없이 죽어나가는 목숨들. 죽음은 아무것도 아닌지도 몰랐다. 두 번째 영화는 아기 악령이 나왔다. 첫 번째처럼 사람들을 무자비로 죽이지는 않았지만 악령이 나오기 전, 어떤 전조처럼 으스스한 음악이 깔렸다. 영화관 안은 좁은 실내에 비해 큰 스테레오를 설치해 놓고 있었다. 그다지 성능이 좋지 않은 듯 소리는 컸지만 불규칙한 소리가 난데없이 튀어나왔다. 그 소리가 튀어나오면 앞좌석에 앉아 있던 남자가 헉, 하며 숨을 몰아쉬듯 비명을 질렀다. 나는 핏빛에 금방 익숙해져버리듯 소리에도 무감각해졌다. 영화를 보는 내내 남자 뒤통수를 쳐다봤다. 남자는 큰 소리만 들려도 고함을 내질렀다. 남자도 공포 영화를 볼 때 무서워한다는 것을 그때야 처음 알았다. 그 모습이 신기하기만 했다.

"쯧쯧, 무슨 원한이 이리도 많아서 눈도 제대로 감지 못할까……."

김 군이 십 년은 더 늙은 사람처럼 혀까지 차며 말한다. 나는 잠에서 깨어나듯 김선희의 얼굴을 말끄러미 내려다본다. 다시 일그러진 얼굴에서 어떤 의미를 찾고 싶지는 않다. 의미를 찾으려 할수록 내 문제와 본능적으로 연결시키곤 한다. 내가 보고 있는 것은 그저 자살한 사체일 뿐이다.

김 군이 담배에 불을 붙여 내게 건넨다. 사양하지 않고 두어 모금 빤다. 담배 연기가 김선희의 얼굴 위에서 흩어지자, 깜박 잊고 있었던 카메라 생각이 난다.

나는 화장하기 전에 고인들의 얼굴을 카메라에 담았다. 성형수술을 받기 전, 사진을 찍어 전후를 비교하듯 내 방식대로 화장하기 전과 후의 얼굴을 사진으로 찍어 비교했다. 일종의 성취감을 만끽하고 싶은 욕구 때문이라고 할까. 무엇보다도 만족감이 컸고 애정도 갔다. 열흘 전에 화장했던 고인은 일주일 동안 물속에 잠겨있던 익사체였다. 머리카락은 거의 빠져버렸고 얼굴은 가지색이었다. 보랏빛 입술은 동굴 같은 목구멍이 다 보일 정도로 벌어져 있었고 잇몸에 치아 몇 개가 간신히 붙어있었다. 그곳에서 썩은 냄새가 났다. 접착제로 소금에 절인 입술을 붙였고 보브, 핑키 바이올렛 립스틱을 발라 주었다. 미세한 펄 때문에 입술은 갈치비늘처럼 반짝였다. 부풀어 오른 배를 가르면 은빛으로 반짝이는 갈치가 퍼덕이면서 튀어나올 것 같았다. 애써 자신이 화장한 고인들의 얼굴에서 아름다움을 찾으려고 노력했다. 이런 노력은 내가 고인들과 가까워지는 방법 중 하나였다. 나는 상주가 알지 못하고, 다른 사람에게 보여주지 않는다는 조건으로 간신히 승낙을 얻어냈다.

셔터를 여러 방향에서 눌러댄다. 김선희의 머리 위에서 찍었을 때, 위로 치켜 뜬 눈동자가 나를 흘겨보는 것 같다. 서화의 마지막 표정과 겹친다. 한쪽 입술꼬리를 올렸던 서화. 서화는 알고 있었을까. 자신이 죽자 유산문제로 시끄럽게 신문지면을 장식했던 가족들을……. 서화의 비웃음은 가족들을 향한 우롱이었을까.

고인의 얼굴이 다 끔찍했던 것은 아니다. 오전에 화장했던 얼굴은 평온했다. 죽음도 젊고 고왔던 모습으로 찾아온다는 것을 알려줬던 50대 촌부의 얼굴. 상주들은 내 손을 잡으면서 고맙다는 인사를 연거푸 했다. 어머니가 젊었을 때 아버지가 돌아가셨다고 했다. 그때처럼 젊고 고왔다면서, 눈물까지 흘렸다.

"그거 알아요? 선생님이 사진을 찍을 때마다 입가

에 미소가 번진다는 것을요?"

나는 깜짝 놀라 김 군의 얼굴을 본다. 김 군은 눈을 크게 뜨고 나를 볼 뿐 표정 변화가 없다. 내가 사진을 찍을 때마다 미소를 짓는다니, 나도 모르는 일이다. 입술 꼬리를 살짝 올렸다가 그만둔다. 김 군은 담배를 비벼 끄고는 내 쪽으로 다가온다.

"선생님이 처음 이곳에 찾아와서 화장한다고 했을 때 다들 내기를 했어요. 그 전날 불에 탄 고인이 들어왔는데 그 얼굴을 보고 선생님이 도망칠 거라고 했지요. 그러나 저만 선생님이 남을 거라고 했어요. 왜 그렇게 말한 줄 아세요?"

김 군의 눈동자에서 눈을 뗄 수가 없다. 나처럼 호기심에 눈동자가 반짝거린다.

"바로 그거에요. 눈빛. 선생님이 사무실에 들어와서 실장님을 쳐다보면서 말했잖아요. 사체에 화장하고 싶다고. 실장님 뒤에 있던 저는 선생님의 눈을 똑바로 볼 수 있었어요."

아, 라는 짧은 응답을 한다. 그러고 보니 내가 고인의 얼굴에 화장하기 시작한 지 벌써 1년이 지났다.

그때 실장은 전날 자동차 화재로 숨진 사체를 꺼내놓고 입관실을 나가버렸다. 불에 탄 사체가 제일 끔찍하다고 했던가. 혼자 남아 있던 나는 무서움보다

는 시험에 통과해야한다는 압박감이 더했다. 고인의
얼굴은 젖은 한지를 여기저기 붙여놓은 것처럼 피부
가 들떠 있었다. 핀셋으로 벗겨진 피부를 제자리에
붙여나갔다. 시간이 얼마나 흘렀는지 알지 못했다.
다시 온 실장이 나를 보면서 혀를 찼다. 두 시간이나
지나있었다.

"선생님의 눈빛. 본 적 있어요?"

"……."

김 군의 뜻밖의 질문에 가슴이 내려앉는다. 내가
생각하는 김 군은 장례식장이라는 울타리 안에서 생
활하고 생각하는 그저 단순한 사람이라고 단정 짓고
있었다. 그의 입에서 내 눈빛 이야기가 나올 줄은 생
각지 못했다. 나는 내가 들고 있는 카메라로 시선을
고정시킨다.

가끔 내 얼굴을 디지털 카메라로 찍었다. 눈을 감
고 있는 얼굴은 피곤해보였다. 화장하지 않은 피부는
멜라닌 색소로 얼룩져 있었고 시커먼 눈썹과 날카로
운 콧날, 가파른 턱 선과 튀어나온 광대뼈는 어딘지
모르게 고집스러워 보였다. 조명 탓인지 눈언저리에
어린 그늘과 불거진 광대뼈, 높은 콧대가 강조됐다.
입술 꼬리가 살짝 올라간 사진도 있었다. 입술 꼬리
를 올리자 눈초리도 덩달아 아치형을 만들었다. 자연

스럽게 보조개가 양쪽 뺨에 패였다. 눈을 홉뜨고 입을 벌렸다. 혀를 밖으로 내밀어 보았다. 동공은 위로 치켜 올라가고 흰자위로 가득 찼다. 모든 사진이 마음에 들지 않았다. 고인의 표정을 흉내 낸, 기괴한 표정에서도 어딘지 모르게 장난기가 묻어 있었다. 실제 죽음과 죽음을 흉내 낸 표정. 그 간극은 건널 수 없는 깊은 강이었다. 어느 날, 렌즈를 노려보는 내 눈을 보았다. 여느 사진과 다름없는 각도였지만 렌즈를 노려보는 시커먼 눈 속에서 섬뜩한 공포를 느꼈다. 눈을 감는 것과 뜨는 것. 눈꺼풀의 단순한 운동이지만 눈동자 속에는 내가 알지 못하는 수많은 욕망들이 들끓고 있었다.

나는 손바닥에 힘을 주고는 김선희의 눈꺼풀을 힘 있게 아래로 내리누른다. 긴 속눈썹이 손바닥을 간지럽게 한다. 같은 작업을 몇 번 더 한다. 다행히 눈이 감긴다.

김선희의 눈이 감겨지자 이번에는 길게 빠진 혀를 억지로 집어넣는다. 입속으로 혀를 집어넣고 턱을 위로 올려 입을 다물게 한다. 높은 한지 베개를 고인의 뒤통수에 댄다. 긴 속눈썹과 날카로운 콧날, 통통한 뺨과 두툼한 입술. 이제야 김선희의 얼굴이 편안해

보인다. 화장품 목록을 떠올린다. 화사한 봄과 같은 색조 화장은 어떨까. 화장품 가방 쪽으로 몸을 돌린다. 누군가 자꾸 내 등을 잡아당기는 것 같다. 뒤돌아 본다. 흰 동공을 드러낸 채 김선희가 허공을 바라보고 있다.

"제기랄, 뭐야, 또?"

김 군이 욕을 해댄다. 그가 놀라는 것만큼 나도 몸이 굳어버린다. 김선희는 무슨 말을 하고 싶은 것일까. 무엇을 말하고 싶어서 다시 일그러질까. K도 내게 온몸으로 말하고 싶어서 그렇게 말라갔던가.

영화가 다 끝나고 불이 환하게 켜졌을 때 나는 남자의 얼굴이 보고 싶어서 그가 일어나기를 기다렸다. 극장 안에는 남자와 나, 맨 뒷좌석에 연인이 있을 뿐이었다. 그는 꿈쩍도 하지 않았고 똑같은 영화가 시작되어도 자리를 뜨지 않았다. 똑같은 장면과 소리를 들었을 때 또다시 비명을 질러댔다. 나는 그의 옆 좌석으로 갔다. 그 다음은 자연스러웠다. 남자는 자신을 'K'라고 했고 집을 나와서 생활한 지 오래되었다고 했다. 공포 영화를 싫어하지만 따뜻한 곳에서 자고 싶어서 동시상영관을 찾았다고 했다. 내가 밥과 술을 샀다. 술이 취하자 집으로 데리고 왔다. K가 자신이 신용불량자라고 말해도 중졸이라고 말해도 나보다 다섯 살이나 어리다고 말해도 아무렇지 않았다. 그냥 누군가가 옆에 있는 것만으로 위안을 받았다. 나는 내 명의로 된 휴대폰을 그에게 선물했고 편의점이나 피시방에서 아르바이트하라고 충고했다. 내 충고대로 K는 아르바이트를 했다.

그가 야간에 아르바이트를 하면서 서로 얼굴 볼 시간이 줄어들자 서서히 오해가 생겼다. K가 내가 일하는 곳에 올 수 없듯 나도 그가 일하는 곳에 갈 수 없었다. K에게 고인의 얼굴에 화장한다는 말을 할 수 없었고 내 불구로 인해 그가 주위 사람들에게 비웃음을 사지 않을까 싶어 그가 일하는 곳에도 갈 수 없었다. 나는 그를 배려하면서도 한편으로는 구속해갔다. 내가 선물한, 그의 휴대폰 통화내역을 조회했다. 그가 비밀번호를 걸어 놓아도 소용없었다. 내 명의로 된 휴대폰이었다. 점점 죄책감이 없어졌다. 그를 보호한다는 명분도 있었지만 죄책감을 누를 정도로 내 자신이 K를 위해서 희생한다고 생각했다. 그를 위해서 요리를 했고 빨래를 했고 그의 빚을 갚아주기 위해서 적금을 들었다.

"실연당한 여자라고 하더니, 그 말이 사실인가 봐요. 애인하고 드라이브하다가 사고가 났다고 했어요.

운전한 남자는 멀쩡하고 조수석에 탄 여자는 몸이 마비되고. 그 뒤는 뻔하지 않나요? 남자가 여자를 차버린 거죠, 뭐."

"누, 누가?"

"죽은 여자의 남자친구가요."

"어, 어떻게 알아?"

"죽은 여자의 엄마가 말했어요. 신고를 받고 아파트에 갔을 때 그곳에 이미 경찰과 동네 사람들이 와 있었거든요. 아줌마는 죽은 딸을 보면서 통곡하듯 말했구요. 자극적인 이야기는 금세 퍼지잖아요."

등골로 서늘한 기운이 지나간다. 어떤 내색도 하지 않고 서랍 속에서 접착제를 집는다.

"안되겠어. 눈꺼풀을 붙여야할 거 같아. 아무리 가족이 보지 않는다 해도 눈을 치뜬 얼굴로 입관할 수는 없어."

내가 김 군에게 접착제를 건네자 그는 김선희의 눈꺼풀을 뒤집어 안쪽에 바른다. 김 군은 내가 자신이 하는 말에 흥미를 갖고 있다는 것을 아는지 그가 본 것들을 상상까지 곁들여 말한다.

"베란다가 난장판이었어요. 전부 빈 술병이었다구요. 죽기 전까지 술에 취해 고래고래 고함을 질렀나봐요. 주민들의 민원 때문에 이 아가씨가 살았을 적에도 아줌마가 죽을 지경이었다고 해요. 그 남자는 아예 찾아오지도 않고. 보험도 들지 않은 차였고. 아마 병원비 때문에 굉장히 힘들었던 거 같아요. 아파트가 아주 작았거든요. 어쩜, 죽은 게 잘된 일일 수도……."

"……."

"근데 그게 중요한 게 아니고. 여자가 다치니깐 남자한테 너무 의지했던 것 같아요. 저 같으면 쿨하게 남자를 보내줄 수도 있을 거 같은데. 처음에는 남자가 간병도 하고 자주 찾아왔다고도 하던데. 주위 사람들 이야기를 들어보니깐, 남자만 무조건 비난할 수는 없는 것 같아요. 그렇잖아요. 한쪽이 다쳐버리니깐 과도한 집착을 해버린 거죠. 저라도 도망쳤을 것 같아요."

"어떻게 운동화 끈으로 목을 맬 수 있어? 그것도 마비된 몸으로. 죽는 순간, 몸을 움직일 수 있었을까?"

내 질문에 접착제를 붙인 눈꺼풀을 지그시 누르고 있던 김 군이 아무렇지 않은 듯 고개를 한쪽으로 기울인다.

"모르죠. 몸을 움직일 수 있었는지도. 장애수당을 계속 받고 있었으니까, 신경이 정상으로 되돌아와도 쉽게 말할 수 없었을 것 같고. 순전히 제 생각이에요.

크게 신경 쓰지 마세요. 여하튼, 그게 중요한 게 아니잖아요. 우리는 형사가 아니니깐. 선생님, 얼른 화장하고 입관하고 보내야 해요."

김 군은 담배를 하나 더 꺼내 불을 붙인다. 나는 그의 옆모습을 가만히 주시한다. 일 년 동안 봐온 김 군이 오늘의 그인지 의문스럽다. 하지만 그의 말이 맞는지도 모른다. 나와 그는 형사가 아니다. 화장을 하고 염습을 할 뿐이다. 의문을 만들어 가는 것. 그것은 복잡한 미로 속에 빠지는 지름길인지도. 오해가 오해를 낳고 곧, 수많은 오해 속에서 살아가는 것. 애초에 의문을 갖지 않으면 오해도 만들어지지 않을까. 그렇게 살 수 있을까. 나는 K의 전화목록에서 여자 이름만 나오면 어떤 관계냐고 물었고 조금만 퇴근시간이 늦어도 무슨 일을 하고 왔냐고 윽박질렀다. 밤마다 그의 사랑을 확인하기 위해서 몸부림쳤고 매시간 매초 그가 무엇을 하는지 궁금해서 전화를 해댔다. 그가 집을 나가기 전 거의 애원하듯 제발 나를 믿어줘, 라고 외쳤던 그의 말이 진심이라는 것을 알면서도 때때로 그 말을 의심하곤 했다. 지금도 여전히 의심하고 있다.

김 군이 실장 전화를 받고 사무실로 올라가자 나

는 김선희의 양쪽 어금니에 핀을 박아 입술 끝을 살짝 올린다. 입술까지 뒤집어 안쪽에 접착제를 붙여버린다. 모나리자의 미소. 미소를 떠올릴 수 없는 고인은 두렵다. 두려움을 없애기 위해 김선희에게 최고의 미소를 선사한다. 간혹 화장을 하다보면 상주들의 얼굴에서 어떤 공범자가 되는 것 같은 느낌을 받는다. 고인의 행복한 표정이 만들어진 줄 알면서도 상주들은 그 표정을 진심이라고 생각하려 한다. 거짓이 진실이 되고 그 진실을 믿어야 살아갈 수 있다는 듯이 말이다.

김선희를 냉동고 안으로 밀어 넣는다. 입관할 때까지 몇 분의 여유가 있다. 잠시라도 쉬고 싶다. 화장하기 전에 피곤이 먼저 찾아온다. 승강기 옆, 관을 보관하는 창고로 향한다. 다리가 쉽게 지치는 내가 가끔 쉬는 곳이다. 창고 문 손잡이에 손을 올려놓았을 때 누군가가 나를 내려다보는 기시감에 고개를 든다. 검은 눈동자가 나를 내려다보고 있다. 문 위에 설치된 반사경 속에 스모키 화장을 한 얼굴이 일그러지면서 확대된다. 그 얼굴은 블랙컬러 펜슬 아이라이너로 아이라인을 다소 길고 두툼하게 그린 뒤 언더라인은 꼬리 쪽만 그렸다. 진한 블루 섀도를 아이라인과 쌍꺼풀 라인을 중심으로 펴 발랐다. 피부 톤을 투명하고 하얗게 정돈한 뒤 입술에는 립 클로즈만 발라 반짝이게 했다. 결코 고인에게 해줄 수 없는, 산 사람만이 할 수 있는 화장술. 나는 왼쪽 입술 꼬리를 올린다. 미소인지 비웃음인지 모를 표정이 나를 본다. 이번에는 눈을 가늘게 뜨고는 왼쪽 다리를 건방지게 벌린다. 모델처럼 다리가 길게 휜다. 살짝 웃음이 비어져 나온다. 반듯한 것들을 왜곡시켜버리는 반사경 속의 피사체들. 곧이어 입관실로 사람들이 들어오는 기척이 들리고 그 사람들 또한 반사경 속에 휘어진 채로 내 눈에 갇히기 시작한다.

쾌락원칙 너머의 쾌

– 차노휘의 『기차가 달린다』에 대하여 –

김형중 문학평론가

1. 증상들

모든 비평이론은 저마다 스스로가 보편적인 텍스트 분석 방법임을 주장하는 경향이 있다. 이론은 항상 스스로를 '진리'로 '상상'하기 마련이고, 그러한 상상은 항상 보편적 적용 가능성 여부를 진리치에 대한 준거로 삼을 것이므로, 그 같은 보편성에의 욕망을 굳이 비난할 이유는 없다. 그러나 실상에 있어, 우리는 특정 비평이론이 그 보편성 주장에도 불구하고 특정 텍스트들에(만) 무척 잘 들어맞는 경우를, 혹은 역으로 특정 비평이론이 특정 텍스트의 해석에 거의 쓸모가 없어지는 경우를 자주 경험하곤 한다. 그렇게 볼 때, 근대 이후 비평 이론의 추세는 사회학적 방법에서 심리학적 방법으로 이동해 가고 있다는 사실에 이의를 제기하기는 힘들 듯하다. 왜냐하면 우리 시대의 텍스트들은 전자보다는 후자를 '요청'하는 경우가 많기 때문이다. 그 이유 또한 비교적 명확한데, 근대 이후의 역사적 발전이(비록 몇 번의 굴곡은 있었다 하더라도) 항상 병리성의 증가라는 경향 속에서만 이루어져 왔기 때문이다. 리얼리즘이 모더니즘에 예술적 우점종의 자리를 내주게 된 사정, 카프카와 조이스가 플로베르나 스탕달로부터 소설 문학의 가장 높은 자리를 물려받게 된 사정도 그런 측면에서 이해될 수 있다. 현대 소설은 병리적 주체들의 왕국이다.

그런 의미에서라면, 프로이트에서 라깡과 지젝으로 이어지는 정신분석의 현대적 흐름이 존재한다는 사실 그 자체가, 비평가에게는 참 긴요하고 심지어 고맙기조차 한 일이다. 더욱이 만약 그들의 이론이 없었다면 애초에 해석 자체가 불가능했을 것 같은 어떤 텍스트들, 가령 차노휘의 첫 소설집『기차가 달린다』같은 텍스트를 눈앞에 두고서는 더더욱 그렇다.『기차가 달린다』는 무엇보다도 정신분석적 비평, 그것도 그 가장 최근의 경향에 대한 참조를 요청하는, 아니 거의 '강제하는' 텍스트다. 우선은, 소설집 전체를 관통하며 등장하는 다양한 병리적 주인공들의 행

태 때문에 그러하다. 여기 그 병리적 증상들의 목록
이 있다.

도착

우선 프로이트가 소위 '도착'이라 부른 증상들이
눈에 띈다. 「사마귀의 눈물」의 주인공에게는 관음증
(라깡의 시관충동과 호원충동)적 증상이 존재한다.
그는 자신을 버리고 달아난 어머니 '김혜선'(프로이
트적 남성 주체에게 어머니가 항상 그렇듯이, 헤프고
몸도 파는 여자다)의 주소지를 우연히 발견하고는 아
무런 망설임도 없이 그녀의 옆집으로 이사를 단행한
다. 그리고는 그녀의 주위를 맴돌면서, 그녀를 엿보
고 시각과 청각을 통해 그녀가 사는 옆방의 동정을
살핀다. 그녀를 범하는 대신 노래방의 다른 도우미를
범하기도 하고, 어떤 밤에는 그녀의 방에서 나는 소
리를 들으며 자위를 하기도 한다. 옆방의 여자가 그
의 친어머니란 사실, 그러므로 이 이야기가 근친상간
에 대한 이야기라는 점은 재삼 강조해 둘 필요가 있
겠다.

차노휘 소설에서 관음증보다 더 자주(그 어떤 신
경증적 증상보다도 가장 빈번하게) 등장하는 도착증
으로는 '네크로필리아(necrophilia)' 곧 '시신 애호증'이 있다. 「승강기」에서 여주인공이 클림트의 〈키스〉 속 남자를 닮은 사내와 쾌락원칙을 초과하는 사랑(라깡이라면 '쥬이상스'라고 했을)을 나누는 장소는 지하 2층의 장례식장 시신보관소다. 거기서 그녀는 시신을 염하는 사내를 보며 정사 때보다도 더한 열락을 경험한다. 「얼굴을 보다」의 화자 직업은 굳이 이름붙이자면 '시신 메이크업 아티스트'다. 그녀는 자신이 화장해 준 시신들 앞에서 항상 포만에 가득 찬 미소를 짓고, 화장 전과 화장 후의 사진을 찍어 비교하며 만족스러워 한다. 「블랙미러」의 여성 주인공 또한 소설 말미, 비록 분열적인 환상 속에서일지라도 이미 죽어버린 시신과 사랑을 나누고 있었음이 밝혀진다. 그 남자(시신)는 그녀에게 완전한 가정을 가져다 줄 것으로 상상되던 남자다. 한편, 「사마귀의 눈물」의 남자 주인공은 죽은 어머니의 시신을 차에 싣고 다니면서 그녀와의 상상계적 결합관계를 유지하려 애쓰며, 「베이비 파라다이스」의 B는 죽은 아이들의 시신을 박제하여 그들을 영원히 소유하려는 망상 속에서 살아간다. 여기서는 특별히 시신애호증이 '쾌락 원칙 너머' 곧 라깡이 말한 '실재'나 '죽음 충동'과 관련이 있다는 사실만을 언급해 두기로 한다.

전이 신경증

다음으로 프로이트가 소위 '전이 신경증'(불안, 공포, 히스테리, 강박증)으로 분류한 증상들이 있다. 먼저 '불안 신경증'이 「사마귀의 눈물」의 남자 주인공에게서 다시 나타난다. 중요한 장면이므로 인용한다.

> 관음증 환자처럼 그녀가 새벽에 집으로 들어오는 소리를 들은 뒤, 수음을 하곤 했다. 며칠 전 절정을 즐기고 있는 순간, 유리창에 달라붙어 있는 한 쌍의 사마귀가 눈에 띄었다. 흐릿한 눈으로 창문을 봤을 때 암사마귀가 등에 올라탄 수컷 머리를 우걱우걱 씹어 먹고 있었다. 길쭉하고 날렵하게 빠진 몸매와 한군데도 번짐 없이 짙푸른 삼각형 얼굴, 가느다랗지만 솜털이 박힌 Z형태로 접히는 다리, 무엇보다 플라스틱 유리알을 박아 놓은 것처럼 불거진 두 눈알이 나를 노려보자 숨이 멎는 듯했다.(「사마귀의 눈물」, p. 111)

앞서 이 화자가 관음증적 증상을 보여준다는 점은 지적했다. 그런데 이 화자는 관음증적 상황(라깡식으로 엄밀하게 말해 호원 충동이 잉여 향유를 추구하는 상황) 속에서 수음을 한 뒤, 사마귀를 발견한다. 알다시피 사마귀는 교접 중 암컷이 수컷을 머리부터 씹어 먹는다. 그러자 그는 '숨이 멎는 듯한' 불안에 사로잡힌다. 이 불안이 어머니 김혜선에 대한 근친상간적 욕망에 의해 촉발된 호원충동의 산물이라는 점은 미루어 충분히 짐작할 수 있다.

'공포증'과 '히스테리'의 경우 표제작인 「기차가 달린다」의 여주인공에게서 나타난다. 두 차례에 걸친 기차 사고로 어린 시절 아버지를 잃었고, 그 아버지에 의해 성추행을 당한 외상적 경험이 있는 그녀는 특정한 조건 하에서 공포증과 히스테리적 증상을 보여준다. 그녀의 트라우마가 기차와 관련되어 있음을 미루어 볼 때 공포증의 대상이 기차인 것은 납득할 만하다. 또한 그녀가 밀실(장롱)을 애호하면서 광장 공포증적 성향을 보여준다는 사실도 충분히 이해할 수 있는데, 불구가 된 아버지가 어머니에게 폭력을 가하던 순간마다 어머니는 그녀를 장롱에 밀어 넣었고, 그 안에서 그녀는 처음 자위를 배우고 초경을 했기 때문이다. 그녀의 히스테리 발작(급작스럽고 격렬한 자위행위)은 그러므로 당시 장롱 속에서의 경험을 반복하고 있는 것으로 해석 가능하다. 흥미로운 것은 그녀가 스스로 자신의 몸속에 기차가 들어와 있다고 말한다는 점이다. 인접성을 통해 아버지를 강력하게 환기시키고, 환영 속에서 그녀의 몸속으로 밀고 들어 온다는 점(여성의 몸 속으로 밀고 들어오는 것이 도 대체 무엇이겠는가)에서 기차는 아마도 남근 상징일 터이니, 그녀의 히스테리 또한 근친상간적 욕망과 무 관하지 않을 것이라는 점은 언급할 가치가 있다.

나르시시즘적 신경증

세 번째로 프로이트는 '나르시시즘적 신경증'(정 신분열증, 편집증, 우울증)이라 불렀고, 라깡은 '정신 증'이라 불렀던 증상들이 있다. 「얼굴을 보다」의 화자 가 고통을 겪는 이유는 나이 어린 연인에 대한 '의부 증' 때문이다. 알다시피 프로이트는 편집증의 가장 전 형적인 증상을 '의처증'에서 찾는데, 정신병리를 겪 는 주인공이 여성 화자라는 점(이제 살펴보겠지만 이 점은 중요하다)을 고려하면 이는 자연스러워 보인다.

반면, 「블랙미러」의 여주인공이 보여주는 증상은 '정신분열증'으로 보인다. 특히 소설 말미 환상과 실 제의 경계가 무너지면서 그녀가 만들어낸 이야기, 꾸 었던 악몽들이 현실의 영역을 완전히 장악하게 되고, 결국 그녀를 정신병적 상태에 놓이게 만드는 장면이 그렇다. 프로이트나 라깡 이론의 범람과 함께 이제 상식에 속하는 사실이 되었지만, 양자 모두 편집증이

나 분열증이 전이 신경증과는 달리 치료 불가능한(최소한 분석 상담을 통해서는) 영역에 속하는 훨씬 중증의 증상이라고 말했다는 점, 그리고 작품과 관련해서는 두 작품들에서 공히 상상계적 이자 관계를 유지하려는(모자간, 혹은 연상의 여자와 연하의 남자간) 여성 주체의 병리적인 노력이 증상을 낳고 있다는 점, 아울러 이 두 작품의 핵심에 '거울' 하나가 오롯이 존재한다는 사실을 미리 확인해 둔다.

그 외에, 분류가 쉽지 않지만 「블랙미러」의 '유'와 「베이비 파라다이스」의 '말더듬이 여자', 그리고 「기차가 달린다」의 'K'가 겪는 발달장애와 실어증도 거론할 만하다. 「베이비 파라다이스」와 「기차가 달린다」의 주인공들이 성인이라 하더라도 그들은 발달장애를 겪고 있는 것이라고 말할 수 있는데, 왜냐하면 문학작품에서 '말더듬이'란, 모자간의 상상적 이자관계로부터 언어로 이루어진 상징적 질서 속으로의 이행에 실패한 주체들에게 주어지는 전형적인 표식이기 때문이다. 그런 의미에서 설사 말더듬이 여자나 K가 이미 성인이라 하더라도 그들은 상상계로부터 상징계로의 이행에 실패한 발달장애자들이다. 아니나 다를까, 두 작품 모두에서 모성에 고착된 아들, 혹은 거세된 남근을 대신하는 아들이라는 오래된 주제가 되풀이된다.

2. 쾌락원칙을 넘어서

이 글이 단순히 차노휘의 소설들에 나타나는 병리적 징후들을 나열하기 위해 씌어지는 글은 아닐 터이므로, 이제 저 증상들로부터 어떤 유의미한 공통점을 추출해보자. 그 공통점이란 주로 소설 속 인물들이 저러한 증상들을 불러일으키게 되는 상황들에 있다.

그 첫째는 근친상간적 상황이다. 그들은 모두 근친상간적 상황이 재연되는 순간에 증상 속으로 도피한다. 「사마귀의 눈물」의 주인공이 암컷에 의해 잡혀 먹히는 수컷 사마귀의 환영을 보며 숨이 멎을 듯한 불안감과 함께 자위행위를 중지하는 것은 시관충동과 호원충동을 통해 어머니에 대한 근친상간적 욕망이 실현되려는(결코 실현되지는 못하겠지만, 왜냐하면 시관충동이나 호원충동은 부분 충동일 수밖에 없고 그런 이유로 잉여 쥬이상스만을 허락할 것이므로) 순간이다. 「베이비 파라다이스」의 세 여성 인물들(B, 말더듬이 여자, 나)은 모두 아이들에 대한 과도한 집착으로 인해 고통 받는다. 특히 B의 경우, 남편에게 빼앗긴 아들을 대체할 대상으로 다른 여자들이 낳은 아이들을 살해해 박제들을 제작한다. 그녀의 시신애호증 저변에는 자신의 결여(거세된 신체)를 메워줄 남근으로서의 아들에 대한 과도한 집착이 놓여 있다. 역시 일종의 근친상간적 욕망이 도착으로 나타난 증례로 보아 무방하다. 이미 언급했듯이 「기차가 달린다」의 주인공이 보여주는 공포증과 히스테리 발작 역시 아버지에 대한 근친상간 욕망과 무관하지 않다. 수난당하는 어머니에 대한 그녀의 염증(고통을 가장한 질투일 것이다), 어머니와 아버지의 교합 장면을 장롱에 숨어 훔쳐보(들으)면서(시관충동과 호원충동) 그녀가 시도한 자위행위, 그리고 이후 자신의 몸속에 기차(아버지의 남근)가 들어와 있다고 믿는 심리는, 아버지에 대한 그녀의 감정이 단순히 경멸만은 아니었음을 보여준다. 그녀의 증상은 실제에 있어서는 아버지—남근에 대한 욕망으로부터 스스로를 보호하려는 시도의 결과로서 나타나는 '타협 형성'에 다름 아니다. 알다시피 증상은 욕망을 실현하면서, 동시에 단죄한다. 환자들이 증상을 포기하지 못하는 것은 그것이 욕망을 실현하기 때문이고, 증상으로부터 고통받는 것은 그것이 욕망을 단죄하기 때문이다.

요약하자면, 차노휘 소설 속 주인공들이 보여주는

대부분의 병리적 증상들 이면에는 거의 예외없이 근친상간적 욕망이 은폐되거나 억압되어 있다. 혹자는 이런 주제가 이미 프로이트 이래로 우리에게 충분히 익숙해진 것이라고 말할 지도 모르겠다. 그러나 실제에 있어서 이 주제는 그리 익숙한 것이 아니다. 왜냐하면 차노휘 소설은 흔하디흔한 프로이트적 주제를 더이상 되풀이하는 것이 아니라, 어떤 지점에서 라깡적 도약을 감행하기 때문이다. 그리고 이에 대해서는 저 증상들의 기원이 되는 상황들이 가지고 있는 두 번째 공통점을 살펴보면 보다 확연해진다. 그 두 번째 공통점이란, 차노휘의 주인공들이 실현하려고 시도하는 욕망은 프로이트적 의미에서 '쾌락원칙' 을 넘어서 있다는 점에 있다.

프로이트가 오해한 것 중의 하나는, 죽음 충동(Thanatos)과 에로스(Eros)가 구별 가능하다고 생각했다는 점이다. 그는 저 두 가지 충동을 하나는 성에, 하나는 죽음에 봉사하는 별개의 두 충동이라고 보았다. 그러나 경험적으로도 증명되듯이 성과 죽음은 그리 멀리 있지 않다. 현명하게도 바타유는 '성' 을 '작은 죽음' 이라고 부르면서 그 둘이 주로 에너지의 축적보다는 소모와 탕진을 통해 격렬한 쾌락을 추구하는 '에로티즘' 의 영역에 속한다고 말했다. 우리가 나날이 경험하는 것도 그와 같은데, 인류에 속한 개체가 격렬한 쾌감을 느낄 때란 그것이 신체적 에너지가 되었건 경제적인 재화가 되었건 축적할 때가 아니라 항상 소모할 때이지 않던가. 물론 프로이트 또한 '강박'을 통해 '쾌락원칙'을 넘어서는 어떤 영역이 존재할 수도 있음을 의식했지만, 그러나 그는 '반복'을 특징으로 하는 강박 역시 종국에는 벌어진 사태를 바로 잡으려는 주체의 무의식적인 소망의 소산이라는 결론으로 선회한다. 그러나 라깡에 이르면 사정이 달라지는데, 그가 말하는 '쥬이상스'는 흔히 '쾌를 넘어서는 쾌', '죽음과도 같은 향유'로 정의되곤 한다. 그런 이유로 '쥬이상스'는 항상 '외설적'이다. 외설적이란 말은 그러므로 라깡에 있어 단순히 추잡하다는 의미라기보다는 쾌락원칙을 넘어선 쾌를 실현(하려고)한다는 말에 가깝다. 그리고 그 중 가장 외설적인 것이 바로 '근친상간'과 '죽음', 곧 상징적 질서(아버지와 근대 문명)가 금지한 '실재'와의 교접이다. 「승강기」의 이런 장면이야말로 외설적인 쥬이상스의 전형적인 사례란 할 만하다.

매를 칠 때마다 내 몸은 불길에 휩싸였다. 그
건 남자의 몸을 받아들이고 절정에 이르렀을 때보

다 더 강했다. 남자가 매 치는 일을 다 끝냈을 때,
내 몸도 흥건히 땀으로 젖었다. 남자와 마찬가지
로 모든 기가 소멸됐다.(「승강기」, p. 186)

　매를 친다는 말은 시신을 염한다는 말이다. 여자
는 섹스보다도 죽음 앞에서 더한 쾌락을 느낀다고 고
백한다. 몸이 땀에 젖고 모든 기가 소멸하는 격렬한
탕진은 쾌락원칙만으로는 설명하기 어려운 영역에
속한다. 게다가 지금 여자가 매치는 남자를 지켜보는
장소는 지하 2층의 시신보관소다. 여자는 지금 쾌락
원칙 너머에 있는 죽음까지도 향유하려는 욕망에 사
로잡혀 있다.
　이 장면은 차노휘의 소설을 이해하는 데 있어 아
주 중요한데, 앞서 거론한 인물들의 '네크로필리아'
는 모두 다름 아닌 죽음과도 같은 쾌, 상징적 질서 너
머에 있는 실재와의 직접적인 교접 시도에서 파생되
었다고 보아 무방하기 때문이다.
　그런데 라깡에 따르면 실재가 우리의 상징적 질서
로 귀환하게 되면 주체에게는 오로지 두 가지 선택지
만 주어진다. 그 하나는 죽음이다. 흔히 오이디푸스
단계에서 아버지의 이름에 의해 짜여진다는 상징적
질서를 무화시킨 존재가, 바로 그 질서로 이루어진

세계를 살아낼 수는 없기 때문이다. 실재의 무시무시
한 침입 앞에서 자살을 택하는 주체들이 그 사례가
될 만하다. 그리고 바로 그런 의미에서 라깡은 실재
적 쥬이상스에 대한 욕망을 끝까지 밀어붙이고, 그것
과 맞대면함으로써 결국에는 자살에 이르는 주체를,
유일하게 '윤리적'이라고 말한다. 그러나 물론 그렇
게 영웅적으로 윤리적이기가 쉬운 일은 아니다. 자기
보존은 생명체의 항구적인 충동이기 때문이다.

　그럴 때 두 번째의 선택지가 주어진다. 주체는 도
피처를 찾아야 한다. 그리고 바로 그 도피처가 '정신
병적 상태'다. 실재란 상징화되지 않음으로써 상징화
자체를 무효로 만들어 버릴 수 있는 무시무시한 '탈
존'이다. 그것이 귀환하면 일거에 상징적 질서는 무
너지고 세계는 혼돈 그 자체가 된다. 그럴 때 주체는
증상으로 도피한다. 편집증 속으로, 정신분열증 속으
로, 우울증 속으로. 프로이트와 달리 라깡이 '불안'이
란 욕망이 이루어지지 않는 것에 대한 불안이 아니라
욕망이 이루어질지도 모른다는 사실에 대한 불안이
라고 말할 때 염두에 두었던 것도 이것이다. 즉 증상
은 근친상간적 욕망이나 죽음의 향유 같은 실재와의
외설적인 교접이 실제로 일어날 지도 모른다는 사태
앞에서 주체가 도피하고자 할 때 발생한다. 증상은

그러므로 실재와의 대면을 피하려는 주체가 만들어
낸 일종의 타협형성물이다.

그렇다면 이제 우리는 「얼굴을 보다」의 여주인공
이 겪는 편집증(의부증)은 근친상간적 욕망 대상인
나이어린 연인(아들)과의 상상적 관계가 깨질 지도
모른다는 데서 발생한 증상이 아니라, 실제로 그와의
관계가 상징계 이전의 상상적 관계에 대한 욕망을 실
현시킬지도 모른다는 불안 때문에 발생한 것이라고
말할 수 있다. 「블랙미러」의 화자가 겪는 분열증 역시
발달장애인 아들과의 근친상간적 관계가 깨질지도
모른다는 사실 때문이 아니라, 그것이 완전히 실현될
지도 모른다는 사태 앞에서 주체가 만들어낸 타협 형
성이라고 말할 수 있다. 차노휘의 주인공들이 종종
겪는 실어증에 대해서도 유사한 해석이 가능할 텐데,
언어로 이루어진 상징적 질서에 편입되지 못했거나
그로부터 이탈한 존재들이 바로 그들이기 때문이다.

그리고 물론, 이 두 작품 한복판에 마치 어떤 블랙
홀이나 되는 것처럼 놓여 있는 예의 그 두 개의 거울
은, 실재계의 파편들이 상징계로 진입하기 위해 마련
된 출입구에 다름 아니다. 그것은 라깡이 홀바인의
「대사들」이란 회화 작품에서 발견한 실재의 파편으로
서의 해골 모양 '왜상歪象'이다. 그 왜상으로부터 실

재가 주체를 응시하고 상징계를 침범하면 「블랙미러」의 말미 주인공이 보여주는 바 그대로, 주체는 정신병적 상태에 빠지게 된다.

거울 속에서 두뇌가 함몰된 남편이 기어 나오고, 자신이 만들어낸 이야기 속에서 목을 매 죽은 '미'의 아빠가 기어 나오고, 사실은 죽은 지 오래인 K가 기어 나온다. 그리고 나자, 화자는 이런 생각을 한다.

> 악몽들이 현실 밖으로 나온 것은 제각에서 훔쳐온 거울 때문이다. 검은 거울은 내가 지어낸 이야기처럼 이 세계와 저 세계의 입구였을지도 모른다. 거울을 봉하든지 도로 갖다 놓든지 해야 한다.
> 악몽들은 거실로 쏟아져 나와 나를 향해서 온다.(「블랙미러」, p. 96)

저 악몽들이 실재계의 파편들이 아니라면 무엇일 수 있을까? 주인공이 말하는 '이 세계와 저 세계'가 각각 상징계와 실재계가 아니라면 무엇일 수 있을까? 그리고 종래에는 거울에서 나온 환영에 완전히 사로잡혀 버린 주인공의 증상이, 쾌락원칙을 넘어서는 외설적인 쥬이상스로부터 스스로를 보호하기 위해 만들어낸 타협형성물이 아니라면 무엇일 수 있을까?

요컨대, 차노휘를 통해 우리는 지금 프로이트의 드라마가 아닌, 라깡의 드라마가 2000년대 한국 소설이라는 무대에서, 그러나 흔히 훌륭한 문학 작품에서 그렇듯이 계획되지는 않은 채로. 정확하게 실연되는 흔치 않은 장면을 목도하고 있는 셈이다.

3. 모성적 초자아들

차노휘의 소설에 관해서라면 한 가지가 더 지적되어야 한다. 그것은 히치코크가 주로 영화화했고, 지젝이 우리 시대의 알레고리로 전유한 '모성적 초자아'에 관한 것이다. 지젝은 그의 노작 『삐딱하게 보기』에서 히치코크의 영화를 세 단계로 구분한 뒤, 유비를 통해 그것이 자본주의가 경과해 온 세 단계의 과정에 대한 적절한 알레고리가 될 수 있다고 주장한다.

이제 우리는 히치코크의 영화들에서 성 관계의 불가능성에 대한 세 가지 변형판이 어떻게 이들 세 가지 유형의 리비도적 경제를 참조하고 있는지를 알 수 있게 되었다. 부부로서 출발하는 여행은 재결합의 욕망을 불러일으키는 장애들과 아

울러 호된 시련에 의해 강해지는 '자율적' 주체라
는 고전적인 이데올로기에 굳게 뿌리박고 있다.
히치코크의 다음 단계에 나오는 은퇴한 아버지라
는 인물 설정은 의기양양하고 무미건조한 '타율
적' 영웅과 대립되는 '자율적' 주체의 쇠퇴를 환
기시킨다. 마지막으로 1950년대와 60년대의 전
형적인 히치코크적 영웅에게서 모성적 초자아라
는 외설적 인물이 지배하는 '병적 나르시시스트'
의 특징들을 인식하기란 그다지 어려운 일이 아니
다.(『삐딱하게 보기』, 김소연·유재희 옮김, 시각과
언어, 1995. pp.207~208)

아마도 '자율적 주체'의 단계가 산업자본주의 단
계 리얼리즘적 영웅들의 시대라면(빌헬름 마이스터,
쥴리앙 소렐 등등), '은퇴한 아버지'의 단계는 모더니
즘적 반영웅들의 시대(블룸, 마르셀, K 등등)를 일컬
을 것이다. 그리고 모성적 초자아들(〈사이코〉와 〈새〉
의 남성주인공들)에 지배당하는 '병적 나르시시스트'
의 단계는 지금 우리가 속한 시대의 포스트 모더니즘
적 쾌락주의의 시대를 말하는 것임에 틀림없다. 의외
로 쾌락주의와 모성적 초자아는 잘 어울리는 편이다.
왜냐하면 포스트모던한 시대는 모든 쾌락을 허용하

기 때문이고, 그리고 그 쾌락을 강력한 아버지의 규율에 의해서가 아니라, 내면화되어 버린 질투 많고 시기심 많은 모성적 초자아에 의해 징벌하기 때문이다. 은퇴한 아버지 대신 모성적 초자아가 건재해진다. 모든 쾌락은 허용되어 있다. 심지어 쾌락원칙 너머의 쾌락까지도. 그것을 라깡은 외설적 쥬이상스라고 부른다고 했다. 그러나 응당의 대가를 치러야 한다. 그 외설적 쥬이상스가 실제로 실현되어 주체의 상징적 질서를 완전히 무너뜨릴지도 모른다는 불안과 공포, 그리고 그것이 유발하는 정신병적 상태가 그것이다. 그런 의미에서 우리 시대는 자기 징벌의 시대이고, 불안과 피로의 시대다. 이즈음 유행하는 한병철의 '피로사회' 개념도 이로부터 그리 멀지 않을 줄 안다.

차노휘 소설이 극화하고 있는 것이 바로 그 상태다. 그런 점에서 차노휘 소설은 표면적으로는 한국 사회의 현단계에 대해 아무것도 말하지 않는 고립된 병리적 주체들의 이야기처럼 읽힐지라도, 깊은 차원에서는 현재 한국 사회와 문화의 변화를 깊은 차원에서 반영하고 있다고 말해야 한다. 혹은 이 작가의 소설들 자체가 우리 사회의 징후라고 말해야 한다. 항상 훌륭한 문학작품은 한 사회를 반영하는 데 성공한 것이 아니라, 한 사회의 병리를 (때로는 작가도 작품도 알지 못하는 채로) 앓았다는 사실을 염두에 둔다면 이 말은 더욱 신빙성이 있다. 다만 히치코크와 지젝이 그 얘기를 주로 모성적 초자아에 의해 징벌당하는 아들의 관점에서 했다면, 차노휘는 주로 모성적 초자아의 관점에서 하고 있다는 차이가 있을 뿐이다. 그런 의미에서라면 우리는 차노휘의 소설을 통해 병적인 나르시시즘적 문화의 여성 판본을 만나고 있다고 말해도 좋을 것이다.

　어린 시절하면 하면 제일 먼저 떠오르는 것이 '공
간' 이다. 병풍처럼 산으로 둘러싸인 마을 한 가운데를
기찻길이 가로질렀다. 겨울이면 바람이 제 풀에 지칠
때까지 불다가 사그라졌고 그에 장단을 맞추듯 대밭
이 우수수 울었다. 새벽에 듣는 첫 기적은 어린아이의
단잠을 깨웠고 기적 소리가 잦아들 때면 캄캄하고 긴
터널 속으로 빨려드는 것 같아 이불을 뒤집어썼다.

　원형의 잔상으로 남아있는 풍경은 소설 속 공간으
로 재탄생했다. 기적 소리는 무의식에 웅크린 욕망을
깨우는 신호탄으로, 제 스스로 잦아들 때까지 불다 지
친 바람은 삶을 살다가 목숨을 놓는, 욕망덩어리 한
인물이 되었다. 내게 온 욕망은 '물' 의 양면처럼 때로
는 부드럽다가 거칠고, 생명이었다가 죽음이었다. 죽
음은 욕망의 안식처이자 다른 욕망을 탄생시키는 자
궁과 같았다. 이렇듯 욕망과 죽음은 내 소설 속 화두
가 되었으며 지금도 그것에 천착하고 있다.

　소설을 구상하고 쓰다보면 삶의 한가운데에 내가 실
존하고 있다는 착각을 한다. 실존이란 실제 일어난 것은
아니지만 인간이 될 수 있고 할 수 있는 모든 것, 즉 가능
성의 영역이다. 그런 면에서 소설은 실제가 아니라 실존

을 탐색하는 것이며 소설가는 가능성의 모든 영역을 찾아냄으로써 실존의 지도를 그려야 한다고 생각한다.

실존의 지도를 그리는 것이 소설가의 일이라면 작품 속 인물 또한 실존적 인물이기를 바란다. 실존적 인물은 어떠한 상황 속에서도 절망하거나 자기기만에 빠지지 않아야 하며 자기 의지로 현실을 버틸 수 있는, 긍정적인 욕망과 용기를 지녀야 한다. 용기는 '~에도 불구하고' 행하는 자기 긍정이다. 자기 긍정은 불완전한 존재임에도 그에 굴하지 않고 '실존의 여백'에 '실존의 지도'를 그려 자아를 창조하는 것과 다름없다.

실존하면서 실존에 유일하게 질문을 던지는 존재, 인간. 인간은 스스로 자기 자신을 만들어 간다. 자기 자신으로서 존재하려는 것은 용기이다. 이런 용기를 가진 작중 인물이 '나'이기를 바랐다.

지금은 마을을 가로지르는 기찻길이 4차선으로 변했다. 기적 소리는 들을 수 없지만 일그러진 마을과 깊은 우물 같은 터널 속을 여전히 나는, 드나든다. 결국 글을 쓴다는 것은 어른이 돼서도 작은 기척에 이불을 꼭 뒤집어 써야하는, 여린 나를 보듬어 세우는 작업이 아닐까 싶다.

2012년 6월 說緣停에서

차노휘

1974년 순천에서 태어났고 2009년 광주일보 신춘문예에 「얼굴을 보다」로 등단했다. 현재 광주대학교 문예창작학과 박사 과정 중이며, 광주일보에 독서 칼럼, '행복한 책 읽기'를 연재하고 있다.

기차가 달린다 차노휘 소설집

초판1쇄 찍은 날 | 2012년 7월 24일
초판2쇄 찍은 날 | 2012년 12월 26일

지은이 | 차노휘
펴낸이 | 송광룡
펴낸곳 | 문학들
등록 | 2005년 8월 24일 제2005 1−2호
주소 | 501-841 광주광역시 동구 학동 81−29번지 2층
전화 | 062−651−6968
팩스 | 062−651−9690
전자우편 | munhakdle@hanmail.net
값 12,000원

ISBN 978-89-92680-62-2   03810

· 잘못된 책은 바꿔드립니다.
· 이 책 내용의 전부 또는 일부를 재사용하려면
  반드시 저작권자와 문학들의 동의를 받아야 합니다.
· 책값은 뒤표지에 표시되어 있습니다.
·